Corazón de nieve

Cathy Williams

Editado por HARLEQUIN IBÉRICA, S.A.
Núñez de Balboa, 56
28001 Madrid

I.S.B.N.: 978-84-671-7168-6
Depósito legal: B-12060-2009
Editor responsable: Luis Pugni
Preimpresión y fotomecánica: M.T. Color & Diseño, S.L.
C/. Colquide, 6 portal 2 - 3º H. 28230 Las Rozas (Madrid)
Impresión y encuadernación: LITOGRAFÍA ROSÉS, S.A.
C/. Energía, 11. 08850 Gavá (Barcelona)
Fecha impresion para Argentina: 9.11.09
Distribuidor exclusivo para España: LOGISTA
Distribuidor para México: CODIPLYRSA
Distribuidores para Argentina: interior, BERTRAN, S.A.C. Vélez
Sársfield, 1950. Cap. Fed./ Buenos Aires y Gran Buenos Aires,
VACCARO SÁNCHEZ y Cía, S.A.
Distribuidor para Chile: DISTRIBUIDORA ALFA, S.A.

Capítulo 1

E N UN día en que la mayoría de la gente cuerda se afanaba por estar lejos de la carretera, Rafael Rocchi había decidido prescindir de la comodidad del tren y conducir su Ferrari. Rara vez disfrutaba de la oportunidad de llevarlo, y cuando ésta se le presentaba, lo sacaba de su garaje de Londres, donde su chófer, Thomas, lo mantenía reluciente.

Conducir hasta la casa de su madre en el Distrito de los Lagos sería perfecto. Podría perderse en el placer de estar sentado al volante de un coche tan poderoso como un caballo salvaje. No había nada como esa sensación de libertad, algo inestimable para él, en contraste con su vida diaria tan estructurada. Dirigir el imperio Rocchi, que llevaba solo desde que su padre muriera ocho años atrás, no era precisamente una experiencia liberadora, aunque sí tensa y satisfactoria.

En esa rara ocasión había apagado el teléfono móvil y escuchaba música clásica, pero atento a las condiciones de la carretera. Los últimos días había visto cómo la nieve cubría todo el país, y aunque en ese momento no caía, los campos seguían blancos mientras continuaba su viaje al norte.

Estaba absolutamente convencido de su habilidad para controlar el Ferrari en esos caminos sinuosos, igual que lo estaba de su capacidad para controlar cada aspecto de su vida. Probablemente por eso, a la edad de treinta y seis años, ya era una figura legendaria en el mundo de los negocios, temido tanto por su implacabilidad como por su brillantez.

Incluso había veces que creía que las mujeres le temían de igual manera, lo cual pensaba que era algo positivo. Un poco de temor jamás hacía daño a nadie, y resultaba rentable asegurarse de que una mujer supiera quién controlaba los hilos de una relación. Si es que las aventuras de seis meses podían considerarse relaciones. Su madre prefería describirlas de otra manera, y era la razón que creía que había tenido para dar esa gran fiesta posnavideña con el fin de elevar el ánimo de todos, ya que, según sus propias palabras, no había mes más aburrido que febrero.

Resultaba evidente que su intención era volver a hacer de casamentera, a pesar de que en más de una ocasión Rafael le había dejado claro que le gustaba su vida tal como estaba. Pero para su madre, italiana tradicional que era a pesar de llevar décadas viviendo en Inglaterra, soltero y sin hijos a su edad no podía representar una situación feliz. Ella se había casado con veintidós años y con veinticinco ya lo había tenido a él, y habría traído varios hijos más al mundo si el destino no le hubiera negado esa posibilidad.

También había insistido en que asistiera, lo cual era ominoso, pero su madre era la única persona a la que respetaba de forma incondicional en el mundo. Y ahí estaba, al menos disfrutando de la experiencia de llegar hasta allí, aunque luego se muriera de aburrimiento.

Su madre jamás había terminado de aceptar la verdad de que a él le gustaban las mujeres casi exclusivamente por la apariencia. Le gustaban altas, rubias, complacientes y, lo más importante de todo, temporales.

Al tomar una curva en el camino que llevaba hasta la extensa propiedad campestre de su madre, tuvo que pisar los frenos al ver un coche que se había salido del camino y precipitado contra el arcén nevado. El Ferrari giró y con un chirrido de protesta de las ruedas, se detuvo a menos de un metro del desdichado y, tal y como pudo ver en cuanto bajó de su ladeado coche, abandonado Mini.

Al menos había alguien sobre quien poder volcar su bien merecida ira. Alguien de pie del otro lado del Mini, mirándolo con expresión sobresaltada. Una mujer. «Típico», pensó.

–¿Qué diablos ha pasado aquí? ¿Estás herida? –la mujer avanzó y parpadeó–. ¿Y bien? –demandó él. Entonces pensó que lo mejor que podía hacer era mover su propio coche por si otro vehículo aparecía por la curva. Aunque el camino siempre estaba desierto, no tenía sentido correr riesgos–. He de mover mi coche –le dijo a la mujer que parecía muda.

Cuando bajó del Ferrari ya aparcado, descubrió que ella había vuelto a desaparecer.

Con creciente irritación, rodeó la parte trasera del Mini y la encontró arrodillada en el suelo, buscando algo con la ayuda de la luz de su teléfono móvil.

–Lo siento –fue la disculpa ansiosa que ofreció ella–. De verdad que lo siento. ¿Estás bien? –lo miró unos instantes y volvió a centrarse en su búsqueda.

–¿Tienes idea de lo peligroso que es que dejes tu coche ahí? –con sequedad indicó el Mini.

–Intenté moverlo, en serio, pero las ruedas no paraban de resbalar –se levantó, abandonando la búsqueda a regañadientes y se mordió los labios nerviosa.

En ese momento pudo ver que la mujer apenas sobrepasaba el metro cincuenta y cinco. Baja y regordeta, por lo que parecía. Lo que no mejoró en nada sus decrecientes niveles de paciencia. De haber sido espigada y hermosa, su encanto quizá se hubiera activado automáticamente. Pero en ese instante, lo único que pudo hacer fue mirarla con expresión de desagrado.

–Entonces, ¿decidiste dejarlo donde estaba, indiferente al riesgo que sometías a cualquiera que pudiera aparecer por esa curva, y te dedicaste a hurgar en el camino? –preguntó con sarcasmo.

–De hecho, no estaba hurgando. Estaba... me froté los ojos para despejarme y se me cayó una lentilla. Vengo conduciendo desde Londres. Debería haber tomado el tren, pero pretendo marcharme a primera hora de la mañana y no quería ser grosera y tener que despertar a alguien para que me llevara a la estación –lo miró ansiosa–. A propósito, hola –extendió una mano pequeña y observó al desconocido.

Era el extraño más atractivo que había visto en toda la vida. De hecho, bien podría haber salido de la portada de una revista. Era muy alto y llevaba el pelo oscuro hacia atrás, para despejar cualquier distracción de la belleza esculpida en su cara. Su cara ceñuda.

Cristina no pudo evitar esbozar una sonrisa, impasible ante su expresión antipática.

Rafael soslayó la mano extendida.

–Moveré tu coche a un lugar menos peligroso y luego será mejor que te subas al mío. Doy por hecho que vas en la misma dirección que yo. Sólo hay una casa al final de este camino.

–Oh, no tienes que hacerlo –musitó Cristina.

–No, no tengo, pero lo haré porque no quiero el incordio de una conciencia culpable si te pones al volante de tu coche cuando no ves nada y chocas.

Giró en redondo ajeno al fascinado interés con que

lo observaba Cristina mientras con pericia llevaba a cabo lo que ella había tratado de hacer sin éxito durante media hora.

–Eso ha sido brillante –le dijo con sinceridad cuando lo tuvo otra vez delante.

Rafael sintió que parte de su enfado se evaporaba.

–En absoluto –repuso–. Pero al menos el condenado coche ya se encuentra en un lugar más seguro.

–Ahora yo ya puedo conducir –se vio obligada a reconocer–. Quiero decir, llevo unas gafas en el bolso. Siempre las llevo porque nunca sé cuándo las lentillas van a empezar a irritarme los ojos. ¿Usas lentes de contacto?

–¿Qué?

–Olvídalo –frunció levemente el ceño al considerar tardíamente el aspecto que ofrecía y lo que quedaba por delante.

–¿Y bien? –Rafael esperaba junto a su coche, con la puerta del lado del acompañante abierta, ansioso por dejar de hablar en un lado del camino con el viento silbando a su alrededor.

Cristina avanzó un par de pasos aún con expresión ansiosa y renuente.

–Es que... bueno... –extendió las manos–. Mírame. No puedo llegar con este aspecto –apenas conocía a su anfitriona, María. La había visto un par de veces en Italia, cuando había estado viviendo allí con sus padres antes de trasladarse a Londres, y le había parecido una dama agradable, pero no la conocía lo suficiente como para pedirle que la ayudara a arreglarse porque había perdido una lentilla. En ese momento tenía las manos sucias de tantear el suelo, las medias rotas y ni siquiera se atrevía a pensar en su cabello, ya de por sí rebelde en el mejor de los casos.

–No seas ridícula –le dijo con desdén–. No pienso mantener una conversación sobre tu apariencia aquí afuera, con esta temperatura –con amabilidad, decidió no indicarle que había muy poco que se pudiera arreglar al respecto para hacerla parecer sexy. Tenía la complexión de una pequeña pelota y el viento jugaba de forma poco halagüeña con su pelo.

Sin embargo, mientras ella parecía clavada en el suelo en una especie de agonía, bochorno e indecisión, y como él empezaba a sentir cada vez más frío e impaciencia, Rafael se decidió por la única solución posible.

–Saca las cosas de tu coche y me aseguraré de que entremos por atrás. Luego te llevaré a una de las habitaciones de invitados y podrás hacer lo que sea que creas que debes hacer.

–¿En serio? –no pudo evitar admirar el ingenio y la consideración mostrados por él al manejar antes la situación de su coche y en ese momento encontrar la solución del espinoso problema de su aspecto. Sí, era cierto que no irradiaba vibraciones de simpatía, pero mientras recogía su bolsa de viaje y el abrigo de su coche, llegó a la conclusión de que era perfectamente comprensible. Después de todo, acababa de sufrir un susto terrible al girar por la curva y enfrentarse al peligro de empotrarse contra su Mini.

–Date prisa –Rafael miró la hora y se dio cuenta de que la fiesta ya estaría en su apogeo.

Le había prometido a su madre que llegaría con bastante antelación, pero, desde luego, las exigencias del trabajo habían ido socavando sus buenas intenciones.

–Eres muy amable –le dijo Cristina cuando él recogió su bolsa y abrigo y los metió en el maletero casi invisible al ojo humano.

Rafael no recordaba la última vez que lo habían descrito como una persona amable, pero se encogió de hombros sin decir una palabra. Arrancó.

–¿Cómo vas a saber dónde está la entrada posterior?

En ese momento se sintió inclinado a explicarle la relación que mantenía con la anfitriona. Era evidente que ella no tenía idea de su identidad y prefirió que siguiera así. Al menos por el momento. Había conocido a suficientes mujeres en la vida a quienes su dinero les resultaba un afrodisíaco. A veces resultaba divertido. Aunque la mayoría aburría.

–No has llegado a decirme cómo te llamas –le comentó, cambiando la conversación, y al mirarla vio que se ruborizaba y que parecía consternada.

–Cristina. ¡Cielos, qué grosera soy! ¡Acabas de rescatarme y yo ni siquiera soy capaz de presentarme! –trató de no quedarse boquiabierta y de actuar como la mujer de veinticuatro años que era.

Sin embargo, todos los intentos de sofisticación eran frustrados por su personalidad intrínsecamente jovial y su naturaleza impresionable. Había conocido a muchos hombres a lo largo de su vida por su educación privilegiada en Italia, y luego por quedarse con su tía en Somerset al ir al internado. Pero la experiencia que tenía con ellos en un plano de intimidad era limitada. De hecho, inexistente, por lo que jamás había llegado a adquirir el cinismo que surgía con el corazón roto y las relaciones fallidas. Poseía una inagotable fe en la bondad de la naturaleza humana y, por ende, se mostraba imperturbable a la reacción poco acogedora de él a su charla.

–¿Cómo te llamas tú? –preguntó con curiosidad.

–Rafael.

—¿Y de qué conoces a María?

—¿Por qué te preocupa tanto la clase de impresión que causes? ¿Conoces a la gente que estará en la fiesta?

—Bueno, no... Pero... No soporto la idea de entrar en una habitación llena de gente con las medias rotas y el pelo por toda la cara —miró sus manos y suspiró—. Y también mis uñas están hechas un desastre... y pensar que ayer mismo fui a hacerme la manicura —sintió que se le humedecían los ojos por cómo había estropeado su aspecto y con decisión contuvo las lágrimas.

El instinto le advirtió de que se hallaba en presencia de un hombre que probablemente no recibiría de buen grado la visión de una desconocida chillando en su coche.

Pero se había esforzado tanto. Al ser nueva en Londres y sin tener aún alguna amistad sólida allí, la invitación de María la había entusiasmado y de verdad se había esforzado en arreglarse para la ocasión. A pesar de los intentos cariñosos de su madre, había sentido que jamás había logrado estar a la altura de la posición en la que había nacido. Sus dos hermanas, las dos casadas y con más de treinta años, habían sido bendecidas con el tipo de atractivo que requería muy poco trabajo.

Ella, por otro lado, había crecido casi como un niño, más interesada en el fútbol y en jugar en los amplios jardines de la casa de sus padres que en los vestidos, en el maquillaje y en todas las cosas de niñas. Más adelante había desarrollado un amor por todo lo que tuviera que ver con la naturaleza y había pasado muchos veranos adolescentes siguiendo al jardinero, preguntándole todo tipo de cosas sobre las plantas. En algún momento había sospechado que su madre se había rendido en la misión de convertir a la hija menor en una dama.

—No sé qué me hizo pensar que podría encontrar

una lente de contacto en el suelo, y menos con nieve –confesó con tono lóbrego. Se miró las rodillas–. Las medias rotas, y no he traído otras de repuesto. Supongo que no tendrás un par extra por ahí...

Rafael la miró y vio que ella le sonreía. Tuvo que reconocer que tenía una rápida capacidad de recuperación, por no mencionar la intensa habilidad de pasar por alto el hecho de que resultaba evidente que no se sentía inclinado a dedicar el resto del trayecto a hablar del estado de su aspecto.

–No es la clase de artículo con el que suelo viajar –repuso con seriedad–. Quizá mi... Quizá haya algún par extra en alguna parte de la casa...

–Oh, seguro que María tiene cajones llenos de medias, pero no tenemos precisamente la misma complexión, ¿verdad? Ella es alta y elegante y yo, bueno, he heredado la figura de mi padre. Mis hermanas son todo lo opuesto. Son muy altas y con piernas largas.

–¿Y eso te da celos? –se oyó preguntar.

Cristina rió. Un sonido inesperado y contagioso.

–Cielos, no. Las adoro, pero no cambiaría ni un ápice de mi vida por la de ellas. ¡Quiero decir, entre las dos tienen cinco hijos y una exagerada vida social! Siempre están en cenas y en cócteles, agasajando a clientes en el teatro o en la ópera. Viven demasiado cerca la una de la otra y ambas están casadas con hombres de negocios, lo que significa que siempre están en el escaparate. ¿Puedes imaginártelo... no poder salir jamás de tu casa sin una tonelada de maquillaje encima y ropa y accesorios a juego?

Como las mujeres con las que él salía nunca abandonaban el dormitorio sin una capa completa de maquillaje y accesorios a juego, era capaz de entender ese estilo de vida.

Pudo ver la casa de su madre, una amplia mansión campestre de piedra amarilla, con las chimeneas elevándose orgullosas y el patio delantero lleno de coches, igual que la larga entrada hacia la casa. Incluso en la oscuridad resultaba fácil apreciar la belleza y simetría de la construcción. Aguardó la predecible manifestación de asombro, pero no se produjo.

Lo sorprendió un poco, porque en el pasado alguna vez había llevado allí a una amiga y siempre que la casa se había mostrado en todo su perfecto esplendor, invariablemente había oído una exclamación de maravilla y deleite.

Al mirarla, vio que Cristina jugaba nerviosa con el bajo de su vestido y que su rostro mostraba de nuevo el leve fruncimiento de ceño.

–Hay muchísimos coches –comentó casi inquieta–. Realmente me sorprende tanta asistencia con este tiempo –inquieta y un poco consternada. Le desagradaban los grandes acontecimientos sociales, y ése tenía pinta de ser enorme.

–La gente aquí arriba es más dura –señaló Rafael–. Los londinenses son muy blandos.

–¿Tú vives en Londres?

Asintió y rodeó al patio, dirigiendo el coche hacia el sendero de la parte de atrás y entrada de servicio.

–Creí que podrías vivir por aquí –comentó Cristina–. Lo que tal vez pudiera justificar que conocieras la casa y esas cosas.

Intentó llevar la observación a la lógica conclusión, pero su mente no paraba de adelantarse al pequeño problema de adecentarse y ponerse presentable para toda la gente que habría dentro... por no mencionar a María, quien había sido lo bastante amable como para invitarla.

Para su alivio, la entrada trasera se veía menos ajetreada. Sólo había que pasar ante el personal.

–Tengo que decirte que soy el hijo de María –Rafael apagó el motor y se volvió hacia ella.

–¿Sí? –lo miró en silencio durante unos segundos. Estaba pensando que María era una mujer encantadora, amable y sincera, y ese tipo de personas por lo general tenían hijos amables y sinceros. Le dedicó una sonrisa radiante porque comprendió que, sin importar lo seca que pudiera parecer su actitud, él era tan amable como en un principio lo había considerado–. Tu madre es una persona maravillosa.

–Me alegro de que pienses así. Al menos en eso coincidimos –sin darle tiempo a responder, bajó del coche y la ayudó a hacer lo mismo, mientras un hombre que pareció materializarse de la nada corrió a ocuparse del equipaje.

Eso sólo podía significar que su madre había solicitado que estuvieran atentos a la llegada del hijo impuntual, lo cual era un incordio, teniendo en cuenta que en ese momento era un renuente caballero con reluciente armadura que debía llevar a su inesperada carga a una de las habitaciones de invitados de la primera planta... cualquiera que estuviera desocupada, ya que sospechaba que algunos invitados iban a quedarse a pasar la noche allí.

Mantuvo una breve y rápida conversación con Eric, el hombre encargado de toda la casa desde que tenía memoria, y luego le hizo una señal a Cristina.

A la implacable luz del vestíbulo trasero, lo sorprendió ver que en realidad no era la mujer corriente que en un principio habría creído.

Desde luego, nadie podría llamarla hermosa. Era demasiado... «robusta»... no precisamente gorda, sino de complexión sólida. Tenía un rostro alegre y cálido, y aunque todavía parecía nerviosa, percibió que era una persona dada a una risa fácil.

Y tenía unos ojos enormes de un castaño líquido, como los de un cocker cachorro.

De hecho, era el equivalente humano de un cocker cachorro. La antítesis de los estilizados y ágiles galgos que él prefería. Pero un trato era un trato, y él había prometido ayudarla a salir del aprieto en el que se encontraba.

—Sígueme —le dijo con brusquedad sacándola fuera de la cocina y conduciéndola a través de habitaciones. El sonido de voces reflejaba que la fiesta tenía lugar en la parte delantera de la casa.

Por supuesto, la casa era demasiado grande para su madre tras el fallecimiento de su padre, pero ella no quería ni oír hablar de venderla.

—No soy tan mayor, Raffy —le había dicho—. Cuando no pueda subir escaleras, pensaré en venderla.

Conociéndola, ese día jamás llegaría. Mostraba tanta energía con sesenta y pocos años como cuando tenía cuarenta, y aunque había alas en la casa que rara vez se usaban, muchas de las habitaciones eran ocupadas en distintas épocas del año tanto por amigos como por familiares.

No tardó en introducir a Cristina en un dormitorio de una de esas alas, donde ella lo miró con expresión desolada.

—Oh, por el amor de Dios —movió la cabeza y la estudió.

—Sé que estoy siendo una molestia —suspiró ella—. Pero... —vio la expresión en la cara de él y se sonrojó—. Sé que no tengo una figura perfecta... —musitó abochornada. Se le ocurrió que un hombre con ese aspecto, capaz de frenar en seco a una mujer, sólo llegaría a codearse con su equivalente femenino... que no sería una mujer inexperta de veinticuatro años con problemas de peso–. He seguido innumerables dietas –soltó en el creciente silencio–. No te creerías cuántas. Pero como he dicho, heredé el cuerpo de mi padre –rió un poco más alto que lo necesario y luego calló en un silencio avergonzado.

–Tu vestido tiene un roto.

–¿Qué? ¡No! Oh, cielos... ¿dónde?

Antes de poder inclinarse para estudiar su traicionero atuendo, tuvo a Rafael delante de ella, arrodillándose y alzando la tela tenue de su vestido de seda suelto, estilo túnica, con un intenso estampado de flores rojas y blancas sobre un fondo negro, que debería haber sido más que suficiente para camuflar un desgarro. Por desgracia, mientras él lo alzaba, el desgarro pareció crecer hasta que fue lo único que pudo ver con ojos horrorizados.

Sin embargo, a través de su horror fue muy consciente del delicado roce de los dedos de él contra su pierna. Le provocó un escalofrío intenso por todo el cuerpo.

–¿Ves?

–¿Qué voy a hacer? –murmuró.

Se miraron y Rafael suspiró.

–¿Qué otra cosa has traído? –se preguntó desde cuándo se ocupaba de rescatar a damiselas en apuros.

–Vaqueros, vestidos, botas de goma por si quería dar un paseo por el jardín. Me encanta estudiar los jardines. Soy adicta a ello. La gente más aburrida a veces puede manifestar unas ideas creativas maravillosas en el modo en que arregla su jardín. Estoy divagando, lo siento, desviándome del tema... que es que no tengo absolutamente nada apropiado que ponerme...

Rafael nunca había conocido a una mujer que llevara sólo lo necesario. Durante unos segundos lo embargó un silencio aturdido, luego le dijo a regañadientes que le buscaría algo en el guardarropa de su madre. Tenía suficientes trajes como para vestir a toda Cumbria.

—¡Pero es mucho más alta que yo! —exclamó Cristina—. ¡Y más delgada!

Pero él ya salía de la habitación, dejándola sumida en una profunda autocompasión.

Regresó unos diez minutos más tarde con una selección de prendas, todas las cuales parecían odiosamente brillantes, en absoluto apropiadas para alguien de una talla más robusta.

—Bien. No puedo perder mucho más tiempo aquí, así que desnúdate.

—¿Qué? —abrió los ojos incrédula y se preguntó si había oído bien.

—Desnúdate. He traído algunas prendas... pero tendrás que probártelas y con rapidez. De hecho, ya llego tarde.

—No puedo... no contigo aquí... mirando...

—Nada que no haya visto antes —le divirtió ese súbito ataque de mojigatería.

Sin embargo, Cristina se negó y él esperó, mirando de vez en cuando el reloj, mientras ella se probaba la ropa en la intimidad del cuarto de baño adjunto.

Cuando al fin salió, giró con la intención de decirle lo que quería oír. Cualquier cosa para seguir adelante con la velada, porque tenía trabajo y se vería obligado a desaparecer casi inmediatamente después de hacer acto de presencia.

La miró fijamente antes de musitar el obligado:

—Es muy bonito...

No había esperado algo así. En absoluto era espigada, pero tampoco tenía el sobrepeso que había sugerido el vestido. De hecho, había una clara indicación de curvas y tenía unos pechos abundantes, apenas contenidos por la elástica tela de color lila. Mostraba la tonalidad dorada de alguien criado en climas más generosos, y sus hombros, desnudos por el vestido sin mangas, eran redondeados pero firmes. Por primera vez desde que tenía uso de memoria, fue incómodamente consciente de buscar algo más que decir, y evitó el dilema abriendo la puerta y haciéndose a un lado para dejarla pasar.

–Gracias –dijo Cristina con sinceridad, y siguiendo un impulso, se puso de puntillas y le dio un beso inocente en la mejilla.

De repente fue como si hubiera entrado en contacto con una chispa eléctrica. Pudo sentir que la piel se le calentaba, y no se pareció a ninguna otra experiencia que hubiera podido tener en la vida. Se apartó casi al mismo tiempo que él y lo precedió para salir de la habitación.

Casi le resultó un alivio bajar al encuentro de esa mezcla de voces que le proporcionó un telón de fondo en el que poder fundirse de forma conveniente.

Pero no antes de revelarle su presencia a María.

Una vez allí, pudo apreciar su entorno... los finos cuadros en las paredes, las dimensiones elegantes del enorme salón, que se fundía con otra sala de recepción también llena de gente. En diversas mesas y en el aparador de roble que debía medir unos tres metros, había jarrones con flores fragantes y coloridas. La atmósfera rebosaba júbilo y la gente se divertía. Tomó una copa de vino de una bandeja que llevaba una camarera y luego interrumpió a María, que había estado dando instrucciones acerca de la hora en que debía servirse la cena.

–Ese vestido... –la anfitriona frunció el ceño, desconcertada.

No por primera vez, Cristina reconoció que era una mujer increíblemente hermosa... elegante sin intimidar, con una dicción exquisita pero sin alardear de ello.

Se lanzó a una generosa explicación de cómo había terminado luciendo uno de los vestidos de la anfitriona. María, con la cabeza ladeada y una sonrisa divertida, escuchó hasta el final y luego le aseguró que estaría encantada de que se quedara con él, porque desde luego a Cristina le quedaba mucho mejor que lo que alguna vez le había sentado a ella.

–Jamás he logrado llenar la parte de arriba de la misma manera –confesó, potenciando de inmediato la autoestima de la joven–. Y ahora cuéntame cómo están tus padres...

Charlaron durante unos minutos, luego María comenzó a presentarle gente cuyos nombres Cristina tuvo dificultad en recordar. Cuando María volvió a desaparecer entre la multitud, se encontró felizmente sumergida en una animada conversación acerca de los jardines de algunas de las personas que vivían por la zona.

En el otro extremo del salón, Rafael la observó distraído antes de ir en busca de su madre, quien sin duda le regañaría por llegar tarde. Se preguntó si eso lo ayudaría a marcharse pronto, ya que tenía una importante conferencia telefónica con el extranjero que había programado para las once y media.

Pero no le mencionó que llegara tarde, y en unos segundos descubrió la causa.

–No tuve elección –musitó–. Esa mujer se había metido en el arcén y buscaba una lentilla perdida como si albergara alguna esperanza de poder encontrarla.

Distraído, mientras bebía su whisky con soda y la miraba a través de la gente, volvió a pensar que era una joven de proporciones generosas en todos los sitios adecuados.

–Es encantadora –comentó María, siguiendo su mirada–. Conozco a sus padres desde hace bastante tiempo. Son los dueños de esa cadena de joyerías... ¿sabes a las que me refiero? Le suministran diamantes a la mejor gente... a personas muy influyentes, si me entiendes.

Rafael había estado escuchando a medias, pero en ese instante sus oídos se centraron en lo que oían, más por la entonación en la voz de su madre que en lo que decía, aunque captó algunas frases. Que eran italianos, desde luego, de aspecto muy tradicional aunque no asfixiantes... Que estaban contentos de que su hija menor viviera y trabajara en Londres... Y entonces, como salidas de la nada, las palabras: «Sería perfecta para ti, Raffy, y ya va siendo hora de que pienses en sentar la cabeza...»

Capítulo 2

NO, MADRE!
 Estaban sentados en la cocina rústica con una jarra de café entre ellos y el sonido de la radio de fondo que les informaba de que el mal tiempo continuaría.

Aún no eran las seis y media, pero él ya llevaba despierto una hora, conectado al mundo por el teléfono móvil y el ordenador portátil, y María simplemente porque le resultaba imposible dormir más allá de las seis.

—Ya no eres tan cruasán, Raffy —mientras cortaba un trozo de croissant de su plato, intentó urdir un modo de instarlo a pensar como ella, tarea siempre descomunal para cualquiera—. ¿Quieres hacerte viejo cambiando cada semana de amante?

—¡No cambio de amante cada semana! —le informó—. Me gusta mi vida tal como está. Además, seguro que es una chica agradable, pero no es mi tipo.

—¡No, yo he conocido a tu tipo! Todo apariencia y nada de sustancia.

—Madre, así es como me gustan —sonrió, pero no obtuvo una respuesta similar—. No quiero una relación. No tengo tiempo para eso. ¿Te haces idea del tiempo libre que me queda en la vida?

—Tan poco como el que tú mismo deseas tener, Rafael. No puedes estar huyendo siempre —le dijo su madre con gentileza.

Frunció el ceño ante el rumbo que tomaba la conversación, aunque su madre era inmune a esas expresiones.

—De verdad, no quiero hablar de esto, mamá.

—Y yo creo que necesitas hacerlo. Te casaste joven y se te rompió el corazón cuando ella murió... pero, Rafael, ¡han pasado diez años! ¡Helen no habría querido que vivieras tu vida en el vacío! —para sus adentros, pensaba que probablemente era justo lo que habría querido su ex mujer, pero calló; siempre se había reservado para sí misma la opinión que le merecía la esposa de su hijo.

—¡Por última vez, madre, no vivo mi vida en el vacío! ¡Da la casualidad de que disfruto de ella tal como es! —«y no necesito que intentes buscarme una esposa apropiada», pensó, pero no se atrevió a decírselo, ya que siendo hijo único, sabía que cabía esperar un poco de interferencia en su vida personal. ¿Pero esa chica? Sin duda su madre lo conocía lo suficiente como para saber que físicamente no era su tipo.

También debería haber sabido que cualquier conversación sobre Helen era tabú. Era una parte de su vida relegada al pasado, para no ser resucitada jamás.

María se encogió de hombros y se puso de pie.

—Debería ir a cambiarme —comentó de forma neutral—. La gente empezará a bajar en cualquier momento. No me gustaría incomodarlos viéndome en bata. Lamento que pienses que soy una vieja entrometida, Rafael, pero me preocupo por ti.

Él le sonrió con cariño.

—No pienso que seas una entrometida, madre...

—La niña es un poco ingenua. Conozco a sus padres. ¿Es tan raro que siente una cierta obligación moral de saber que está bien?

–A mí me parece que lo está –aseveró Rafael–. No he oído quejas sobre su vida en Londres. Probablemente se lo está pasando en grande.

–Probablemente –de espaldas a su hijo, se cercioró de que todo lo necesario para el desayuno estuviera listo. Desde luego, Eric y Ángela, que llevaban con ella desde siempre, se habrían asegurado de que todo se encontrara preparado para los invitados... doce de los cuales se habían quedado allí a pasar la noche. Pudo captar la culpabilidad en la voz de su hijo, pero su sentido maternal del deber lo soslayó–. ¿Quizá al menos podrías asegurarte de que su coche está en perfectas condiciones para su regreso a Londres? –lo miró en busca de confirmación–. Anoche le dije que lo harías y dejó las llaves del coche en la mesa que hay junto a la entrada principal.

–Claro –ese pequeño favor parecía más que aceptable dado el giro que iba tomando la conversación. Se encargaría de sus correos electrónicos más tarde, lo que resultaba irritante pero inevitable.

Abandonó la casa antes de que pudiera sufrir más distracciones y se dirigió hasta donde habían dejado el Mini toda la noche. El cielo ya empezaba a mostrar esa tonalidad peculiar amarilla grisácea que precede a una nevada. Comprendió que como no se marchara pronto, podría encontrarse inmovilizado en la casa de su madre, sujeto a conversaciones importantes sobre su forma de vivir.

No se hallaba preparado para lo impensable... un Mini cuyo motor había decidido hibernar.

Después de una hora infructuosa dedicada a intentar arrancarlo, regresó malhumorado.

Abrió la puerta de la casa y se encontró con Cristina allí de pie, enfundada en unos vaqueros y un jersey. La fuente de todos sus problemas.

–Está muerto –le informó, cerrando de un portazo mientras se limpiaba los pies en un felpudo. Se quitó la vieja chaqueta de piel y la miró furioso.

Cristina se mordió el labio. María le había dado la impresión de que no sería ninguna molestia para Rafael echarle un vistazo a su coche. Pero la expresión lóbrega que mostraba él en ese momento indicaba claramente lo contrario.

–Lo siento de verdad –se disculpó–. Debería haber ido yo a tratar de ponerlo en marcha. De hecho, estaba a punto de...

–¿Crees que tú lo habrías podido arrancar?

–No, pero... –se movió nerviosa y luego le dedicó una sonrisa insegura–. Muchas gracias por intentarlo, de todos modos. ¿Hace mucho frío? Si quieres, puedo prepararte una taza de chocolate. Me sale muy rico.

–Chocolate no. Café solo –fue hacia la cocina y agradeció que aún no hubiera sido invadida por los invitados. Como una ocurrencia tardía, y sin darse la vuelta para mirarla, le ofreció una taza.

–Ya he tomado una taza de té. Gracias.

Lo miró. Incluso con el pelo revuelto por el viento y furioso, resultaba poderosamente sexy, igual que cuando apareció para rescatarla. Ese recuerdo la animó.

–¿Crees que podría ponerme en contacto con un taller para que alguien venga a echarle un vistazo? –preguntó a la espalda de Rafael.

–Es domingo y va a nevar –giró y la observó–. Creo que la respuesta a tu pregunta es no.

Cristina palideció.

–En ese caso, ¿qué voy a hacer? No puedo quedarme aquí indefinidamente. Tengo mi trabajo. ¡No puedo creer que mi coche decidiera hacerme esto ahora!

–Dudo que fuera un acto deliberado de sabotaje –comentó él con sequedad, consciente de que aún le quedaba mucho trabajo. La carretera estaría bien, aunque empezara a nevar, pero avanzar por los caminos que salían de la casa de su madre podría resultar un desafío con mal tiempo, en especial en un coche deportivo diseñado para circular por buenas carreteras.

Cristina sonrió y Rafael fue vagamente consciente de que realmente tenía una sonrisa que le iluminaba la cara, dándole un aspecto fugaz de belleza. Sin embargo, fue más consciente de que el tiempo apremiaba.

–Realmente he de irme –acabó la taza de café y se preguntó si tendría alguna idea de los planes descabellados que albergaba su madre. Decidió que no.

–Sé que es una imposición enorme, pero, ¿crees que podrías llevarme a Londres... hasta la estación de metro más próxima a tu casa? Es que realmente necesito volver y... desde allí podría pedir que el taller fuera a arreglar mi coche y que alguien lo lleve a Londres.

–O podrías quedarte y ocuparte de ello mañana a primera hora. Quiero decir que seguro que tu jefe te permitirá no ir a trabajar debido a una emergencia.

–No tengo jefe –repuso con un deje de orgullo–. Trabajo por mi cuenta.

–Mucho mejor. Puedes darte el día libre –arreglado eso, dejó la taza en el fregadero y comenzó a dirigirse hacia la puerta. Pero la imagen de su cara decepcionada lo hizo maldecir en voz baja y mirarla otra vez–. Me marcho en una hora –soltó, y vio cómo la desilusión se desvanecía como una nube oscura en un día soleado–. Si no estás lista, me iré sin ti, porque hay predicción de nieve y no puedo permitirme el lujo de quedarme atrapado aquí.

–Podrías pedirle a tu jefe que te diera el día libre –Cristina sonrió–. A menos que tú seas el jefe, en cuyo caso siempre podrías darte el día libre.

Hizo la maleta con rapidez y eficiencia. No había desayunado, pero decidió que a su figura le sentaría bien saltarse una comida. Y María, a pesar de sus protestas, le aseguró que ella misma llamaría al taller para asegurarse de que le llevaran el coche a Londres. Conocía a Roger, el propietario del taller, y le debía un favor después de haberle dado una generosa propina por los caballos.

Rafael quedó menos contento con el arreglo, aunque sabía que su madre no tenía la culpa del estado en el que se encontraba el Mini.

Pero mientras una hora más tarde conducía por caminos comarcales, no pudo evitar pensar que, de algún modo, sentía que lo habían manipulado para compartir su espacio con una perfecta desconocida.

Y extremadamente locuaz, a pesar de que él llevaba puestos unos auriculares inalámbricos para hablar por teléfono. Con paciencia esperó hasta que las conferencias de negocio terminaron y entonces se sintió libre de preguntarle por su trabajo.

–¿Es que nunca te relajas? –.preguntó, consternada después de que él le hiciera un breve resumen de cómo era su día.

Estaban empezando a dejar atrás los primeros copos de nieve y a regañadientes abandonó sus planes de llamar a su secretaria, Patricia, para pedirle que lo pusiera al día de la negociación con Roberts.

–Hablas como mi madre –le respondió con frialdad, pero ante el silencio desconcertado por su rudeza, cedió. Después de todo, sólo le quedaba un par de horas más en compañía de ella–. Supongo que, siendo tu propia jefa, sabes que dirigir una empresa es un compromiso de veinticuatro horas. A propósito, ¿a qué te dedicas tú exactamente?

Cristina, que se había sentido un poco herida por la falta de curiosidad mostrada por él acerca de su vida, sonrió, más predispuesta a ofrecerle el beneficio de la duda. Después de todo, era evidente que se trataba de un hombre muy, muy importante que dirigía un imperio propio. No le extrañó que se concentrara tanto en el trabajo y apenas tuviera tiempo para conversar con ella.

—Oh, a nada muy importante —respondió, súbitamente un poco avergonzada de su ocupación tan prosaica.

—Ahora has despertado mi curiosidad —sonrió a medias.

Y ese simple gesto le provocó escalofríos. Era estimulante y aterrador al mismo tiempo.

—Bueno... ¿recuerdas que te dije cuánto adoro los jardines y la naturaleza?

Rafael tenía un vago recuerdo, pero asintió de todos modos.

—Soy dueña de una floristería en Londres. Quiero decir, no es gran cosa. Cada una de nosotras heredó algo de dinero al cumplir la mayoría de edad y yo elegí gastar mi parte en eso.

—¿En Inglaterra? ¿Por qué? —aunque tenía el aspecto de alguien que podría dirigir una floristería.

Cristina se encogió de hombros y se sonrojó.

—Me apetecía estar fuera de Italia. Quiero decir, tengo unas hermanas perfectas que llevan una vida perfecta. Fue agradable alejarme de las comparaciones. Pero, por favor, no le menciones eso a tu madre, por si se lo cuenta a mis padres.

–No lo haré –prometió con solemnidad. ¿Es que imaginaba que hablaba de ese tipo de cosas con su madre?

No obstante, el reconocimiento fue conmovedor, al igual que el entusiasmo mostrado hacia su profesión. Esa mujer era una enciclopedia andante sobre árboles y plantas y Rafael se sintió satisfecho de escucharla hablar de su tienda, de los planes que tenía para ampliar en algún momento el negocio hacia el paisajismo, empezando con pequeños jardines londinenses para luego pasar a cosas más importantes. Adoraba la exposición floral de Chelsea, a la que había asistido un par de veces y que jamás dejaba de asombrarla. Su sueño era exponer algún día sus flores allí.

–Creía que tu sueño era el paisajismo –indicó él, avivado su cinismo por tanta ambición optimista.

–Tengo muchos sueños –la timidez la llevó a callar unos segundos–. ¿Tú no?

–Pienso que no es rentable pensar demasiado en el futuro, el cual, si no me equivoco, es el reino de los sueños, así que supongo que mi respuesta debe ser que no –para su sorpresa, habían llegado a Londres antes de lo esperado. Ella vivía en Kensington, cerca de su ático de Chelsea, y además en una zona residencial, que supuso que habrían pagado los padres discretamente ricos que tenía.

Por primera vez pensó en las ventajas de una mujer a la cual su dinero le inspirara indiferencia. Casi siempre las mujeres con las que salía estaban impresionadas por la enormidad de su cuenta bancaria. Y las que habían heredado dinero, en un sentido eran casi siempre peores, ya que se veían motivadas por el rango social, e invariablemente querían exhibirlo como la presa del día.

Esa joven no parecía motivada por esas cosas. Ni

tampoco daba la impresión de estar interesada por él. En ningún momento había tenido lugar ese coqueteo descarado.

—Parece un poco drástico trasladarte hasta aquí para evitar comparaciones con tus hermanas.

—Oh, he estado en Inglaterra cientos de veces. Fui a un internado en Somerset. De hecho, ahora mismo vivo en el apartamento de mis padres. Y no vine para huir de las comparaciones. Bueno... en realidad, sí. ¿Te haces una idea de lo que se siente al tener dos hermanas preciosas? No, supongo que no. Roberta y Frankie son perfectas. Perfectas en un sentido bueno, si entiendes lo que quiero decir.

—No, no lo entiendo.

—Algunas personas son perfectas de un modo desagradable... cuando lo saben y quieren que también el mundo lo sepa. Pero Frankie y Roberta son, simplemente, adorables, con talento, divertidas y amables.

—Suenan como ciudadanas modelo –comentó con sarcasmo. En su experiencia, esas criaturas no existían. Estaba convencido de que, como tantas otras cosas, eran simples leyendas urbanas.

—Lo son, de verdad –Cristina suspiró–. En cualquier caso, son hijas modelo. Las dos son bastante mayores que yo. Creo que yo fui una especie de error, aunque mis padres jamás lo reconocerán, y he de reconocer que disfruté de una vida maravillosa siendo la pequeña de la familia. Mi padre me llevaba a ver un montón de partidos de fútbol. De hecho, ése es otro de mis sueños. Quisiera ser entrenadora de fútbol. Solía jugar mucho siendo joven, y se me daba bastante bien, pero luego lo dejé y ahora me encantaría volver. No a jugar, sino a entrenar. Puede que ponga un anuncio en los periódicos. ¿Qué piensas?

Lo que pensaba era que en la vida había conocido a una mujer tan locuaz. Empezaba a sentirse un poco aturdido.

—Fútbol —dijo despacio.

—Sí. ¿Conoces el deporte? Es ese que requiere un montón de hombres bien desarrollados corriendo por un campo detrás de una pelota...

—¡Sé lo que es el fútbol!

—Sólo bromeaba —empezaba a creer que ahí había un hombre para quien el mundo era un asunto muy serio—. No eres precisamente una persona dicharachera, ¿verdad? —musitó en voz alta.

Rafael la miró mudo por primera vez en la vida.

—¿Eso qué significa? —espetó.

—Oh, cielos. Lo siento —se disculpó ella—. No era mi intención ofenderte.

—¿Por qué iba a sentirme ofendido por algo que puedas decir?

—Eso no es muy agradable.

—Es la verdad —expuso con brutal sinceridad. Giró por Gloucester Road. El comentario de ella lo molestó, y al entrar en la calle donde vivía, aparcar y apagar el motor, se volvió para mirarla—. Pero tengo curiosidad por saber qué has querido decir.

Cristina se ruborizó y lo miró.

—Oh, sólo que no parece que tengas mucho tiempo para divertirte. Quiero decir... —frunció el ceño levemente—. Anoche, en la fiesta de tu madre, no diste la impresión de estar pasándotelo bien.

—Explícamelo.

—Ahora estás enfadado conmigo, ¿verdad?

—¿Por qué habría de estar enfadado contigo?

—Porque aunque dices que quieres que sea sincera contigo, no es así. Quizá porque no estás acostumbrado a que otras personas te digan lo que piensan de verdad.

–Trabajo en el negocio más despiadado del mundo. ¡Claro que estoy acostumbrado a que la gente me diga lo que piensa! –ladró, sin saber muy bien cómo había terminado teniendo esa discusión con ella.

–Bueno, quizá no mujeres, entonces.

–Quizá prefiero que mis mujeres sean un poco más complacientes.

–¿Significa eso que tienen que mostrarse de acuerdo con todo lo que dices?

–Ayuda.

Cristina pensó que sonaba muy aburrido, y como era obvio que no se trataba de un hombre aburrido, se preguntó cómo podía tolerar una vida amorosa aburrida... pero antes de poder explayarse, él abrió la puerta del coche.

–No. Ahórrame tu respuesta. No me considero capaz de asimilar más verdades caseras y refrescantes.

Mortificada, bajó como pudo del coche y se lanzó a ofrecerle una serie de disculpas no solicitadas ni deseadas mientras Rafael le sacaba la bolsa de ropa del maletero diminuto y se dirigía hacia la entrada de su edificio.

–¡Ya basta! –alzó una mano imperiosa y la miró con ceñuda impaciencia–. No es necesario que te ahogues disculpándote. ¿Cuál es el número de tu piso? Y antes de que me digas que puedes ir tú sola con la bolsa, es posible que no sea una persona dicharachera, pero sí poseo ciertos modales rudimentarios.

–¡Oh, sé que los tienes! –se apresuró a asegurarle–. En la última planta –hurgó en su bolso en busca de la llave, y al sacarla, él se la quitó de los dedos y empujó la puerta del edificio.

Era la clase de vivienda que pocas personas jóvenes podrían soñar con tener alguna vez, con los techos altos y la elegancia mayestática de un edificio de estilo georgiano rehabilitado. Pero Cristina no era la mayoría de la gente. Debajo de la fachada de chica siempre lista para sonreír y parlanchina, estaba el mullido soporte del dinero familiar.

Entraron en el ascensor pequeño, tan pequeño que de no ser por la bolsa que los separaba, prácticamente se habrían tocado.

–¿Cuánto tiempo llevas aquí? –preguntó Rafael al rato. De algún modo, el silencio prolongado en su presencia parecía algo antinatural.

–No tienes que contentarme con una conversación forzada y educada –le dijo Cristina, con la vista clavada en el panel de los botones del ascensor en vez de en los espejos que rodeaban el habitáculo, que marcarían el contraste entre su poca atractiva figura y la complexión magnífica de él.

Él la consideraba incoherente. Era cierto que se trataba de una persona conversadora. Le gustaba considerarse a sí misma como amigable, la clase de persona a quien le resultaba fácil tranquilizar a otras personas. En ese momento se le ocurrió que Rafael podría ser la clase de hombre que no quería que lo tranquilizara una persona que no dejaba de hablarle.

–¿A qué viene de repente eso? –preguntó él justo cuando las puertas se abrían.

Cristina no respondió de inmediato. Se mantuvo atrás mientras él abría la puerta y luego pasó por delante. El apartamento tenía dos niveles, con la entrada situada en el del dormitorio y un tramo corto de escalones que llevaba a la cocina pequeña y al salón. Era un piso pequeño, pero de proporciones hermosas, que los diseñadores de interiores habían convertido en una vivienda moderna, equipada con lo mejor que podía comprar el dinero.

Durante unos instantes se sintió tentada a mostrarse distante, pero eso era algo que no surgía de forma natural en ella, de modo que lo encaró y lo miró directamente a esos asombrosos ojos azules.

—Me da la impresión de que he estado hablando demasiado —confesó con su habitual franqueza—. Y si he sido demasiado... demasiado sincera contigo... entonces lo siento.

—¿Qué te hace pensar que no me gusta tu sinceridad? —cortó la disculpa que le iba a ofrecer y subió los escalones. Realmente era muy pequeño pero decorado con un gusto exquisito.

—¿Adónde vas? —preguntó Cristina a su espalda.

—Bonito lugar.

Al desaparecer de su vista, fue tras él y lo encontró inspeccionando la cocina, abriendo la nevera y escrutando el interior, que contenía una selección poco sana de platos precocinados, quesos y diversos artículos dulces que siempre resultaban ineludibles cuando se sentía un poco baja de ánimo.

—No deberías estar curioseando en mi nevera —anunció, cerrándole la puerta e irguiéndose para mirarlo—. Sé que en este momento no sigo la dieta más sana del mundo...

Rafael la estudió. Aún no se había quitado el jersey, estirado y tenso a la altura de los pechos. Allí de pie, con los brazos cruzados a la defensiva, se parecía a un cachorrito airado al que hubieran sorprendido mordisqueando un mueble.

—Ante mí no tienes que defenderte de tus hábitos de alimentación —le informó con suavidad.

–No me estoy defendiendo –mintió, ruborizándose–. Sólo...

–Tener dos hermanas perfectas realmente te ha condicionado, ¿verdad? –siempre trataba de no ahondar demasiado en la psique femenina, pero en esa ocasión parecía algo inevitable.

–No sé de qué hablas. Simplemente me doy cuenta de que no me vendría mal perder unos kilos, y sé lo que puedes llegar a pensar al meter las narices en mi nevera –intentó mantener un silencio sano y digno después de esa declaración, pero en el acto lo estropeó añadiendo–: Estás pensando que debería comer un montón de ensalada y beber litros de agua mineral. Y, sí, para tu información, como ensaladas –«de vez en cuando»–. Muy a menudo. Ya lo tienes.

–¿Estás contenta una vez que has aclarado ese punto? –lo sorprendió darse cuenta de que se sentía más divertido que irritado por esa explicación–. Además, un montón de hombres prefieren mujeres que no son... flacas.

–¿En serio? –no supo de dónde mostró un sarcasmo desconocido para ella–. No según cada revista de todos los quioscos del país –suspiró–. De pequeña era flaca, y luego no sé qué pasó –se sintió tentada a abrir la nevera y sacar la tarta de queso que había comprado el viernes para consolarse un poco, pero se contuvo. Fue vagamente consciente de que no deseaba que él pensara lo peor de ella.

–En cualquier caso –comentó Rafael con vigor–. No estás gorda. Eres curvilínea.

Ella soltó esa risa tan contagiosa.

–¡Es lo mismo que me repito a mí misma!

Rafael la miró y experimentó un momento de absoluta locura en que quiso tocarla, sentir su cuerpo debajo de esa ropa poco favorecedora y averiguar por sí mismo cuán curvilínea era de verdad, cuán generosos y suculentos eran realmente esos pechos abundantes.

Giró súbitamente.

—A pesar de lo fascinante de esta conversación, voy a tener que dejarte. Me queda trabajo por hacer.

—Es domingo.

—Intenta explicarle eso al resto del mundo —fue hacia la escalera.

Cristina lo siguió, insegura de si debería volver a verlo. A pesar de lo considerado que había sido el día anterior al auxiliarla y de lo sexy que era, consiguiendo ponerle el cuerpo siempre en tensión, había demasiada agresividad latente dentro de él, aparte de que era un adicto al trabajo. Podía respetar esa intensa ética laboral, pero era un rasgo que jamás le había gustado demasiado en un hombre. Los pocos chicos con los que había salido habían sido espíritus libres que, como ella, habían preferido estar al maravilloso aire libre antes que en el mortífero interior de un despacho.

Dicho eso, no pudo evitar sentir una profunda decepción cuando él abrió la puerta y se volvió hacia ella.

—Gracias por traerme —le dijo—. Por supuesto, le enviaré a tu madre una nota de agradecimiento, pero si hablas con ella, por favor, dile que fue muy amable al invitarme y que disfruté de una velada maravillosa. Creo que vendrá a Londres algún día del próximo mes cuando mi madre venga de visita.

Aguardó la posibilidad de que le pudiera decir que tal vez volvieran a encontrarse, pero sólo obtuvo silencio y que la mirara con la cabeza ladeada.

—Y no trabajes demasiado —sonrió—. De vez en cuando, deberías ir a dar un paseo al parque. Es precioso, incluso en invierno –estuvo a punto de lanzarse a narrarle lo que hacía cuando iba al parque, pero en el último instante logró contenerse.

–Gracias por el consejo –aceptó él–. Lo pensaré cuando mi jornada laboral termine a las nueve.

–Ahora te estás burlando de mí.

–Dios me libre.

No sabía cómo lo había conseguido ella, o quizá le había sentado bien escapar de Londres una noche, pero se hallaba perfectamente relajado cuando llegó a su casa de Chelsea.

A diferencia de Cristina, ocupaba un ático enorme que abarcaba las dos últimas plantas de una mansión de ladrillo rojo visto. Igual que el de ella, estaba impecablemente decorado, y con un minimalismo que dejaba sitio para toques personales. Tal como a él le gustaba. Ninguna foto familiar adornaba las superficies, ningún recuerdo de unas vacaciones, ningún libro sobre una mesa para que alguien pudiera hojearlo. La zona del salón la dominaban dos extensos sofás de piel color beige entre los cuales había una mullida alfombra clara con apenas un dibujo visible y que había costado una pequeña fortuna.

Los cuadros de las paredes eran abstractos, salpicaduras de color que resultaban exigentes en vez de sosegadas. También habían costado una fortuna.

Dejó el maletín en el suelo, se sirvió un vaso de agua y de inmediato fue a comprobar el contestador automático. Nueve mensajes. De ocho se podría ocupar más tarde. El noveno...

Lo repitió con expresión irritada.

Delilah. En su momento había pensado que era un nombre estúpido, pero había estado dispuesto a pasarlo por alto porque era de una belleza exquisita. Muy alta,

piernas interminables y con un rostro serenamente ange-
lical que con inteligencia ocultaba la personalidad de
una bruja.

Ésa había sido una de las pocas relaciones que había permitido que se alargara, principalmente porque
había estado fuera del país casi todo el tiempo como
para que pudiera establecerse un enfrentamiento cara a
cara, algo que él no había buscado. Delilah era propensa a la histeria, y si algo no podía soportar era a una
mujer histérica.

En ese momento, casi cuatro meses después, reapa-
recía. Recordó las palabras de su madre... amantes diferentes cada semana... huir de un pasado que nunca
había querido volver a visitar... vivir en un vacío...

Se reclinó en el sofá, cerró los ojos y pensó que tal
vez, sólo tal vez, fuera hora de pensar en asentarse.

Capítulo 3

ESE pensamiento había desaparecido de su mente en cuanto despertó el lunes debido al insistente pitido de su teléfono móvil a la inhumana hora de...

¡Las cinco de la mañana!

Y un mensaje de texto de Delilah. Que le informaba de que había estado fuera, unas vacaciones prolongadas en el Caribe, pero que ya había vuelto y que le encantaría que se vieran para ponerse al día.

Una vez que una relación se acababa, Rafael era la clase de hombre que seguía adelante. No eran para él esos escenarios que involucraban quedar con una ex para hablar de los viejos tiempos ante una copa de vino. Había dejado atrás a Delilah, aunque reconocía que no había sido una ruptura limpia.

Sin darse tiempo para activar su personalidad de trabajo, marcó el número de ella y sólo tuvo que esperar dos llamadas hasta que contestó. No era una buena señal. Las mujeres que esperaban junto a los teléfonos eran mujeres que se volvían dependientes demasiado deprisa, y una mujer dependiente era un valor pasivo, una responsabilidad.

No fue una conversación cómoda y supo que deberían haberla mantenido cara a cara. Con optimismo, había conjeturado que su ausencia deliberada de escena y la falta de comunicación serían indicios suficientes de ruptura, pero la verdad era que había sido perezoso.

Por lo tanto, apenas podía culparla de las lágrimas, las acusaciones, los insultos, cuya amplia variedad de adjetivos lo sorprendió, y, lo peor de todo, la lastimera y retórica pregunta de lo que había hecho mal.

Eran casi las seis cuando pudo cortar la comunicación, y cerca de las ocho cuando estuvo duchado y vestido, dirigiéndose hacia la puerta después de haber enviado algunos correos electrónicos.

Se encontraba de pésimo humor después de la conversación con Delilah y habría pasado por alto la floristería de no haber estado abierta para una entrega en el momento en que pasaba por delante.

Nunca antes se había fijado en el local, aunque eso no resultaba sorprendente. Las floristerías no ocupaban un lugar importante en la lista de destinos deseados y tampoco iba a menudo a pie al trabajo. Era una caminata vivaz de unos veinticinco minutos y casi nunca podía darse el lujo de perder ese tiempo.

A la desolada y grisácea luz invernal, la fragancia invadió sus fosas nasales y en un arrebato, se detuvo y entró en la tienda.

Era pequeña, pero se hallaba a rebosar de flores, la mayoría de las cuales exhibía un color vibrante y exótico. Un lado de la pared estaba destinado por completo a las orquídeas. Pediría que enviaran un par a la casa de Delilah con una nota apropiada, pero antes de poder realizar el pedido, la joven que se estaba encargando de la entrega le informó de que aún no habían abierto. Que lo hacían a las diez.

–Se lo compensaré –dijo, mirando su reloj de pulsera. Tendría que ir volando para llegar a tiempo a su primera reunión. Sacó la cartera y extrajo un fajo de

billetes, luego señaló dos de las orquídeas más exquisitas–. Quiero que las entreguen en esta dirección...
–escribió la dirección de Delilah en el dorso de una de sus tarjetas personales–. Doy por hecho que no habrá problema, ¿verdad? –miró a la chica, quien a su vez miró por encima del hombro y sonrió débilmente.

–En absoluto, señor. ¿Qué mensaje ponemos en la tarjeta?

Rafael frunció el ceño y se encogió de hombros.

–«Estás mejor sin mí. Te deseo lo mejor. R.» –la joven mostraba un intenso rubor mientras transcribía las palabras al papel y Rafael enarcó las cejas divertido–. ¿Diría que es un mensaje apropiado para una relación que ha llegado a su fin?

–¡No! ¡Es horrible!

Giró en redondo al oír la voz y se encontró ante un par de ojos llenos de desaprobación. Durante unos segundos no supo qué decir. El destino había decretado que de todas las pequeñas floristerías en las que podría haber entrado en la calle una brumosa mañana de febrero, hubiera elegido la que pertenecía a Cristina.

–¿Es tu tienda?

–Anthea, me ocupo yo –Cristina, enmarcada en el umbral de su pequeño despacho en la parte de atrás del local, cruzó los brazos y lo miró. Luego giró la cara en el momento en que un hombre se acercó desde el despacho hasta situarse junto a ella y le dedicó una sonrisa luminosa–. Entonces, ¿puedo llamarte esta semana? –le preguntó.

–A cualquier hora después de las seis.

Rafael observó ese breve intercambio con ojos entrecerrados. El hombre era de complexión gruesa pero musculoso, alguien que pasaba tiempo al aire libre. Tenía el pelo lacio y muy rubio, y llevaba un pendiente que a Rafael no le gustó un ápice. Ceñudo, miró alrededor a la espera de que ella terminara la conversación.

—¿Quién era ése? —preguntó en cuanto el hombre se marchó.

—¿Qué diablos haces aquí?

—¿Qué crees que estoy haciendo? Y no has contestado mi pregunta.

—Anthea... —Cristina fue consciente de que su ayudante miraba hipnotizada a Rafael—. ¿Por qué no vas a calcular los costes de la entrega? Sé lo que haces aquí —siseó luego, recordando por qué había saltado—. Comprar flores. ¡Pero me sorprende que hayas venido a mi local! ¿Cómo supiste el nombre de mi tienda? No recuerdo habértelo dicho.

—No lo hiciste. Dio la casualidad de que iba caminando a mi oficina y que necesitaba mandar algunas flores a...

—¿A alguien que ha permanecido más tiempo que el prudente? —habiéndose criado devorando novelas románticas y películas con finales felices, se crispó en simpatía por la receptora de las flores más caras de su tienda.

Rafael se sonrojó sombríamente.

—De haber sabido que este lugar era tuyo, habría ido a otra parte —soltó—. De hecho, deberías estar agradecida de que te haya proporcionado una buena venta. No imagino que a una floristería pequeña en el centro de Londres le pueda ir tan bien.

—¡Pues da la casualidad de que nos va muy bien! Nos especializamos en flores poco corrientes —en su naturaleza no figuraba el sarcasmo, pero la diablesa que llevaba dentro la impulsó a añadir—: Quizá los hombres de negocios con sentimiento de culpabilidad saben que les funciona comprarles flores a sus amigas. Incluidas las descartadas.

–El sarcasmo no va contigo, Cristina.

–¿Cómo puedes acabar una relación con una nota y un ramo de flores?

No acostumbrado a recibir críticas, frunció el ceño.

–¿Sueles salir corriendo de tu despacho para atacar a la gente que transmite mensajes que a ti no te gustan? ¿No se excede un poco de un buen servicio al cliente?

–No pude evitar escucharlo –musitó ella–. Reconocí tu voz –se preguntó cómo sería esa mujer misteriosa.

–¿Tu empleada puede ocuparse de la tienda durante un rato? –con una llamada le bastaría para cancelar su primera reunión, y como jamás había cancelado trabajo por una mujer, llegó a la conclusión de que ésa debía ser la primera. Quizá se la hubieran impuesto, pero, no obstante, sentía cierto sentido del deber hacia ella. Eso incluía aclararle la naturaleza poco escrupulosa de los hombres de Londres.

–¿Por qué?

–Hay una cafetería cerca. Pasé delante de camino aquí.

–¿No ibas a trabajar?

–¿Has olvidado que soy el dueño de la empresa?

–Voy a darte un sermón sobre cómo deberían ser tratadas las mujeres –se sintió obligada a exponerle, aunque la idea de tomar un café con él la había llenado con una sofocante sensación de excitación–. ¿Sigues queriendo invitarme a tomar café?

–Dame cinco minutos para llamar a mi secretaria...

–Bien, primero quitémonos de en medio el sermón.

–Sé que no tengo derecho a sermonearte...

–No –la miró por encima de la taza de capuchino. Ella bebía lo mismo y delante tenía un plato con unas pastas danesas. En una época de dietas y tallas ínfimas, representaba un cambio refrescante.

La ropa que llevaba ese día iba más allá de lo casual y se aproximaba al reino de lo extraño. Un peto y un jersey amplio a rayas que parecía centrado en ampliar las proporciones generosas de quien lo llevaba. Como detrás de su elección no radicaba la falta de dinero, sólo podía concluir que se trataba de otra rebelión contra esas hermanas supuestamente perfectas.

–Por lo general no le sermoneo a la gente.

–Entonces, ¿por qué romper esa costumbre?

–¿Por qué sobrepasó su tiempo de bienvenida? –contrarrestó Cristina. Dejó su taza en el plato y dio un mordisco delicado a una pasta–. ¿Qué hizo que estuvo tan mal?

–¿Vives en el mundo real, Cristina?

–¿Por qué dices eso?

–No hizo nada malo.

–¿Simplemente te cansaste de ella?

–Es lo que pasa a veces en las relaciones. Las personas se cansan las unas de las otras. Delilah era... inadecuada.

–Eso es muy duro, Rafael.

–Tienes migas en la boca –recogió la servilleta de ella y se las quitó; Cristina se echó para atrás, sobresaltada–. No te preocupes. No me voy a insinuar –rió, divertido por su reacción–. Y no estaba siendo duro –continuó–. Delilah y yo disfrutamos de una breve relación. Yo jamás hago promesas y es lamentable que ella no entendiera los límites de lo que teníamos. Créeme, no fue por falta de sinceridad.

–Qué triste.

–¿Qué? ¿Qué es triste? –frunció el ceño, indiferente a la simpatía no solicitada en la voz de ella. Adelantó el torso–. Triste es cuando dos personas se unen esperando un final de cuento de hadas y descubren que no existe. Triste es cuando la esperanza y las expectativas se desintegran. Sin esperanzas ni expectativas, entonces lo que obtienes es una relación libre de trabas y sin ataduras –no supo por qué se molestaba en darle una explicación de sus teorías sobre los enigmas entre hombres y mujeres, y menos cuando lo miraba como si estuviera cavando su propia fosa.

–¿Nunca has estado enamorado?

¿Amor? Sí, había estado ahí, o el menos eso había creído. Mentalmente vio a su ex mujer, Helen, hermosa, etérea, a rebosar de amor y prometiéndole la tierra. Con qué rapidez el tiempo había disuelto esa ilusión.

–¿Y tú? –le devolvió la pregunta y vio cómo sus ojos se tornaban soñadores.

–Nunca. Me reservo para el hombre adecuado. Quiero decir –corrigió con presteza– que no me lanzo a una relación porque sí.

–¿A qué te refieres con eso de que te reservas para el hombre adecuado? –enarcó las cejas con manifiesto cinismo y luego, con algo de diversión, musitó–: ¿No me digas que eres virgen...? –ni se le pasaba por la cabeza, pero por la expresión en la cara de Cristina, comprendió que inadvertidamente había dado en el blanco, lo que le produjo un aturdimiento extraño.

–¡No! –ella lanzó una mirada agónica a su alrededor y luego se concentró en su capuchino–. De acuerdo. ¿Y qué si lo soy? ¡No hay nada malo en eso!

Rafael se recobró y comentó:

–Sólo resulta un poco inusual... –para un hombre que

jamás se dedicaba a hablar de los sentimientos, lo sorprendió descubrir que disfrutaba con esa conversación. Demostraba que un elemento novedoso era bueno para el espíritu.

Cristina se sintió espantosamente mortificada por el reconocimiento. Jamás se lo había confiado a alguien, ni a sus hermanas ni a sus amigas. Descubrir que se lo había revelado a un hombre que pensaba que ir acostándose por ahí era lo normal le parecía increíble.

Y lo que empeoraba las cosas era que él no hubiera soltado una carcajada, porque bajo su silencio podía percibir su incredulidad.

—Comprendo que debes de considerarme patética –alzó el mentón, pero contener las lágrimas de bochorno fue todo un acto de voluntad.

—Patética... no –apoyó los codos en la mesa–. ¿Nunca sentiste la tentación? –preguntó con curiosidad.

—No quiero hablar de esto –susurró–. De verdad, no sé cómo... Nunca he hablado de este tema con nadie –pero había algo en ese hombre. Una parte de ella respondía ante él, y esas reacciones parecían hallarse fuera de su control. Era como si hubiera llegado a su interior y tirado de algo poderoso y hasta entonces desconocido, un lado secreto aún sin explotar–. Fue un desliz –se defendió.

—Tu secreto se encuentra a salvo conmigo.

—Supongo que no tienes ni idea de por qué... bueno, por qué...

—Me cuesta asimilarlo –se había preguntado cómo sería la sensación de ese cuerpo. Y en esos momentos los pensamientos pasajeros adquirieron una intensidad que lo sorprendió. Se recordó la razón por la que se había sentido tentado a invitarla a tomar café y entonces pareció incluso más relevante.

–Bueno, ahora que hemos desnudado nuestras respectivas almas...

–Yo no diría que tú has desnudado la tuya.

–Todavía no me has dicho quién era ese hombre encerrado en tu despacho mientras tu pobre ayudante no sabía qué hacer.

–Anthea es muy capaz de llevar la tienda –respondió, temporalmente distraída–. Siempre se ocupa del negocio si yo no estoy. He sido muy afortunada en encontrarla...

–No puedo decir que sienta un gran interés en escuchar el currículum de tu ayudante –interrumpió él antes de que se lanzara por una de esas tangentes que parecía tan aficionada a seguir–. Lo que me interesa es ese hombre que había en la tienda. No estaba allí para ayudar con la entrega, ¿verdad?

–¿Quién, Martin? No.

¿Martin? Carecía de experiencia con el sexo opuesto, era nueva en la escena londinense y desconocía las costumbres del típico depredador... No le extrañó que su madre hubiera estado preocupada por ella y, más o menos, le hubiera pedido que la vigilara. Tampoco le extrañó que la hubiera visto como una candidata para el papel de esposa. La gentil inocencia de Cristina habría llegado al corazón tradicional de su madre.

Era una joven decididamente inocente. Y le gustara o no a él, necesitaba algo de protección, aunque sólo fuera de su propia ingenuidad.

Decidió que él asumiría la onerosa tarea de cerciorarse de que activara uno o dos mecanismos de defensa que la ayudarían a tratar con situaciones desafortunadas, como en la que se hallaba en ese momento.

–Martin –Rafael suspiró y se reclinó en la silla para poder estudiar su rostro acalorado–. Disculpa si sueno como un sabelotodo, pero tengo bastante más experiencia que tú.

–Me doy cuenta de eso –volvió a reconocer.

–Razón por la que voy a preguntarte desde hace cuánto que conoces a ese hombre.

–¿A quién? ¿A Martin?

–¿De qué otra persona podría estar hablando? –repuso irritado.

–Bueno... desde hace poco –se ruborizó–. De hecho, ayer contestó al anuncio que puse en el periódico.

–¿Pusiste un anuncio en un periódico? –se quedó horrorizado. Se preguntó cómo sus padres habían podido enviarla tan contentos a tierras extranjeras cuando era evidente que se encontraba indefensa–. ¿Tienes idea de lo condenadamente peligroso que puede ser eso? ¿Es que no aprendiste nada durante tu infancia? ¿Tanto te protegieron?

–¡No sé lo que quieres dar a entender, Rafael! –exclamó a la defensiva.

–Quiero dar a entender –comenzó despacio como si le hablara a una persona especialmente obtusa– que deberías haberte dado cuenta de que poner anuncios en los periódicos para buscar a la pareja perfecta es jugar con fuego. No sé cómo es ese tal Martin, pero tiene pinta de matón. Y encima lleva pendiente.

–Yo no he puesto un anuncio...

–Eres inexperta, Cristina. Asimismo, tienes una naturaleza confiada. Es una combinación letal.

–No soy una completa idiota, Rafael.

–No, no eres idiota, y no intento decirte lo que debes hacer. Sólo te estoy ofreciendo unos consejos amistosos.

–¡No necesito tus consejos amistosos!

Mirándola, Rafael pensó lo contrario. Incluso vestida de esa manera tan poco favorecedora, aún poseía curvas y una figura que un hombre podría desear. Y algo en su rostro era suavemente femenino con esos ojos grandes y oscuros, las pestañas largas y esa boca que prometía satisfacción. Aunque estaba tan obsesionada con las comparaciones con esas hermanas suyas, que ni ella misma lo sabía. No lograba llegar hasta ella, y ya había perdido la primera reunión del día.

Miró el reloj de pulsera, y antes de que pudiera decir algo, Cristina se puso de pie, repentinamente consciente del paso del tiempo y de que todavía había mucho que hacer con el reparto de flores antes de abrir el local.

—He de irme —manifestó.

Rafael, que había estado a punto de decir exactamente lo mismo, no estuvo seguro de que le gustara que lo descartaran de esa manera. Ni lo apaciguó la disculpa sincera de Cristina aduciendo que debía terminar unos pedidos.

—No hemos acabado nuestra conversación —soltó, siguiéndola hacia la puerta y luego por la acera mientras ella iba a paso ligero por el camino que habían recorrido antes.

Se volvió y le dedicó una de esas sonrisas suyas, en esa ocasión de pesar.

—Lo sé, pero, de todos modos, no me gustaba por dónde iba la conversación.

—¿Que no te gustaba por dónde iba la conversación? —hablar con esa mujer representaba todo un enigma, ya que no tenía ni idea de lo que diría a continuación. Y acostumbrado como estaba a que las mujeres respondieran a él como hombre, la crudeza de Cristina era una sacudida para su orgullo.

—Prácticamente me estabas acusando de ser una incompetente en mi trato con otras personas —explicó, consciente de su poderosa presencia–. Supongo que tu intención es buena, pero en realidad es un poco insultante.

–¿Insultante? ¿Insultante? ¡Explícamelo, porque no veo cómo te insulto tratando de ayudarte! ¡Pareces olvidar que fuiste tú quien me insultó al insinuar que no trato bien a las mujeres! –empezaba a sentirse un poco acalorado.

–No soy tonta, y si me hubieras escuchado, te darías cuenta de que lo has malinterpretado a tu antojo.

–¿Malinterpretado qué? –se preguntó si con toda la experiencia que acumulaba intentaría convencerlo de que sabía más que él acerca de la naturaleza depredadora de algunos hombres.

–¡No he estado poniendo anuncios en el periódico en busca de una cita a ciegas! ¡Además, en la actualidad ya nadie hace eso! ¡Hoy en día la gente que quiere encontrar a otras personas recurre a Internet!

–¿Cómo voy a saberlo?

–Puse un anuncio en el periódico porque quería averiguar si existía alguna oportunidad para que entrenara a un equipo femenino de fútbol. Martin respondió. Él entrena en uno de los colegios de la zona y pensó que las chicas podrían animarse más a practicar ese deporte si tuvieran una entrenadora mujer.

Rafael hizo una mueca.

–Deberías haberlo dicho desde el principio –la reprendió.

–¡No me diste la oportunidad!

Habían llegado a la tienda y ella lo miró suspirando.

–Supongo que sientes algún tipo de obligación hacia mí por la relación que mantienen nuestros padres –indicó con amabilidad, aunque le dejaba un mal sabor de boca que alguien la considerara una obligación–. Pero no es necesario. ¡Nunca, jamás, intentaría encontrar a mi pareja a través de un anuncio en el periódico!

–¿O sea que me estás contando que ahora tienes un segundo trabajo en alguna escuela? –se preguntó si sabría lo peligrosos que podían ser algunos colegios, y de inmediato se recordó que ella no era su responsabilidad.

–No, un trabajo no –empujó la puerta y Rafael la siguió al interior. Todas las entregas estaban ordenadas y clasificadas. Cristina lo miró–. Me he ofrecido voluntaria para entrenar un par de clases después del colegio. La primera el martes. Martin no sabe cuál será el resultado, pero quiere que funcione.

–¿Dónde está la escuela?

Ella le dedicó una sonrisa que le iluminó toda la cara.

–Bastante cerca de aquí, de modo que puedo dejar la floristería a cargo de Anthea y estar allí a las cinco. Tengo ganas de empezar. ¡Yo también necesito el ejercicio!

–Es imposible saberlo bajo todas esas capas de ropa.

Sintió que los ojos de él la quemaban y el alegre y seguro cambio de tema la dejó algo mareada.

–Y tú probablemente necesites ir a trabajar –le recordó.

–Cierto.

Abandonó el aroma a flores, pero su mente se negó a permanecer controlada en el santuario ordenado de su cómoda oficina. Todas las reuniones salieron según lo planeado, pero estaba distraído y podía sentir a su secretaria nerviosa a su alrededor, consciente de que algo no encajaba.

Nada lo hacía. Su especialidad era establecer categorías. Las mujeres pertenecían a una y el trabajo a otra, y nunca, jamás, se solapaban.

Esa mujer era una responsabilidad.

Llamó a su secretaria por el teléfono interno y en un impulso le preguntó qué tenía programado para el día siguiente.

Como esperaba, conferencias y una inauguración en una de las galerías de arte. Estaba rodeado por obras de arte francamente caras y aún no había podido asistir a ninguna de las galerías de la ciudad.

—Cancela todo lo que tenga después de las cuatro —instruyó—. Mantendré la cita de la galería. Asistirán algunas personas importantes.

Se sentía mejor sabiendo que iba a abordar la espinosa situación de Cristina y su reunión con un perfecto desconocido en una escuela desconocida. En cuanto se cerciorara de que todo iba a salir bien, podría concentrarse en vez de verse constantemente distraído por ella.

Una vez establecido un placentero y elevado terreno moral, al fin pudo dedicar su habitual ciento diez por ciento al trabajo, que continuó en casa hasta las doce de la noche.

Y al día siguiente se encontraba en una excelente disposición de ánimo. No le cupo duda de que el altruismo era un elixir, y no sólo el altruismo impersonal de los donativos a obras de caridad o beneficencia. Entregaba grandes cantidades de dinero a diversas causas nobles, tanto a través de sus empresas como personalmente, pero nunca se había sentido tan revitalizado por el proceso como en ese momento, cuando sabía que hacía lo correcto al proteger a alguien desvalido, sin importar que esa persona lo quisiera reconocer.

Cuando a las cuatro y media, justo antes de estar a punto de marcharse, Patricia le comentó que de buen humor asustaba tanto como cuando estaba hosco, le resultó divertido y rió.

–Está riendo –indicó suspicaz–. Ríe y se va temprano del trabajo. Por favor, no me diga que hay otra Fiona.

Fiona era una de sus ex que se había mostrado especialmente irritante al acabar la relación, y había desterrado cualquier posibilidad de una separación amigable al llevar el resentimiento a su lugar de trabajo, para diversión de Patricia. Ésta, cuyo contacto con sus amigas sólo existía a través de los diversos regalos que les compraba y las flores que les enviaba, nunca le había permitido olvidar el «Fionagate», tal como lo había bautizado. Se había librado de ello porque llevaba trabajando siglos para él y ya no la intimidaba. En eso era única.

–¿Sería tan estúpido? –le preguntó mientras se ponía la gabardina y se aseguraba de llevar el móvil en el bolsillo.

–¿Por qué no? –preguntó ella con ironía–. La mayoría de los hombres lo son.

–Excepto, desde luego, Geoff. ¿Te he dicho alguna vez la pena que siento por ese sufridor marido que tienes?

–Varias veces. Bueno, ¿quién es? ¿Le tendré que enviar unas rosas rojas dentro de un mes?

En el espacio de unos pocos días le habían recordado varias veces sus relaciones con las mujeres. Tuvo una visión fugaz de sí mismo siendo mayor, persiguiendo todavía a mujeres hermosas para mantener aventuras breves. Un hombre viejo y triste. No resultó una visión agradable.

–Es un proyecto –explicó.

–Espero que meritorio.

–Eso... –miró a su secretaria con expresión pensativa– es algo que nos dirá el tiempo.

Hacía frío y soplaba un aire helado y ya comenzaba a oscurecer. Decidió caminar, algo que últimamente hacía poco, principalmente porque no disponía del tiempo, y el ejercicio le sentaría bien. Recordó cuando solía practicar deportes. Todos los deportes, en cuya mayoría había sobresalido. Esos tiempos parecían pertenecer a otra vida, antes de que el trabajo se hubiera convertido en el monstruo que todo lo consumía.

Antes de dedicarse al inútil ejercicio de la reminiscencia, volvió a concentrarse en lo que lo ocupaba... llegar al colegio, cuyo nombre Patricia había encontrado sin dificultad, localizar a Cristina y evaluar a ese tal Martin en persona.

No le sorprendió que el campo estuviera situado fuera de la escuela, a unos quince minutos a pie. Una amable señora de la dirección del colegio le indicó cómo llegar, y lo hizo veinte minutos después de que hubiera comenzado la sesión de entrenamiento.

Pudo distinguirla bajo los resplandecientes focos del campo, rodeada por un escaso grupo de chicas que parecían moverse en estado letárgico, mientras a los lados un numeroso grupo de chicos manifestaba en voz alta lo que pensaba de que las chicas irrumpieran en su territorio. Las mofas eran inocentes pero vocingleras, y un par de las chicas se alejaron del campo para situarse junto a los chicos.

Rafael experimentó una desconocida y ajena sensación de protección, pero no se dio prisa. Se dedicó a buscar con la vista al Hombre Pendiente, claramente ausente.

Luego caminó despacio hacia el grupo cada vez más reducido. A ese ritmo, Cristina no tendría a quién entrenar. ¿Y dónde diablos estaba el hombre que se suponía que tenía que ayudarla el primer día?

Sonrió satisfecho al sentirse reivindicado en su evaluación del sujeto. Puede que no fuera un matón, pero era un idiota.

Al acercarse, lo que debería haber sido una sesión de entrenamiento al parecer se había convertido en una sesión de persuasión, pero incluso entonces vio cómo otras dos chicas desertaban para ir a reunirse con el grupo de chicos.

Ella no lo vio. De hecho, cobró conciencia de su presencia porque las burlas desde los lados habían callado y todos los ojos apuntaban a un punto por encima de su hombro.

Rafael, hábil en el análisis de un público, e incluso más diestro en un tipo de intimidación silencioso pero de brutal eficacia, recurrió a esos dos talentos.

Le dedicó una sonrisa a Cristina, quien lo observaba boquiabierta por el asombro, y luego miró al grupo en ese momento silencioso y, sencillamente, tomó el control.

Capítulo 4

CRISTINA no había sabido muy bien qué esperar, pero la había decepcionado descubrir que no había nada concreto preparado. Martin había comunicado durante su clase de gimnasia con los chicos que iniciarían un curso de entrenamiento de fútbol con el fin de formar un equipo femenino y había reclutado a varias candidatas; pero aparte de eso, poco más había hecho.

De modo que había llegado al campo deportivo escolar, donde encontró a su posible equipo, y a Martin yéndose a toda velocidad porque el equipo de baloncesto en el que estaba jugaba en la otra punta de Londres. Se había mostrado muy compungido y le había dado una arenga a las chicas y callado a los chicos antes de desaparecer, dejándola al mando de un grupo de jóvenes vestidas inadecuadamente y que parecían haber asistido más por curiosidad que cualquier otra cosa.

Al no haber dirigido jamás a un grupo de chicas concentradas en no escuchar ni una palabra suya, y menos aún con deseos de ensuciarse una fría tarde de febrero, se la veía indecisa en el momento de aparecer Rafael. Literalmente, como un caballero al rescate. Otra vez. Había estado a punto de dejarse caer al suelo aliviada.

Y él... había tomado el control. Cristina jamás había visto algo así en la vida. ¡Había aparecido, evaluado la situación y de inmediato se había preparado para ensuciarse las manos, por no hablar de un traje inmensamente caro, con el fin de poder ayudarla!

En un instante olvidó su insistencia previa de que no necesitaba que le echaran una mano, que sabía cuidar de sí misma. Fascinada, había observado cómo había organizado a las chicas, al parecer ansiosas de repente de demostrar las habilidades que poseían en un campo de fútbol.

Una hora después, un número de chicas superior al esperado se apuntaba al curso, y al marcharse del campo, se volvió hacia él con una sonrisa de agradecimiento.

–Siempre me estás rescatando de situaciones complicadas –le dijo con sinceridad–. No sé qué habría hecho si no hubieras aparecido –lo miró con ojo crítico–. Estás embarrado.

–La próxima vez vendré mejor preparado –a pesar de que jamás se había visto a sí mismo rescatando a damas en apuros, se sintió bastante complacido consigo mismo.

–La próxima vez estaré bien. En serio –comenzaron a caminar.

–¿Dónde andaba ese Martin?

–Oh, me presentó a las chicas, pero luego tuvo que marcharse a toda velocidad a un partido de baloncesto. No fue culpa suya.

–Eres demasiado generosa –dijo sucintamente–. Lo menos que podría haber hecho ese tipo era quedarse para guiarte en tu primer día.

–Lo sé –aceptó ella–. Pero tenía concertado el partido desde mucho antes de saber que vendría yo. Estoy contenta de que me haya brindado la oportunidad de hacer esto.

Rafael frunció el ceño, disgustado por el modo en que de inmediato salió en defensa de ese hombre.

—Con esa actitud, se aprovecharán de ti –le dijo con tono lóbrego y sintió que le tocaba brevemente el brazo.

—Eres demasiado cínico, Rafael. ¿Por qué iba a aprovecharse de mí Martin? ¡Me he ofrecido voluntaria para entrenar! Sabe que tengo un trabajo a tiempo completo con la floristería.

—Nunca se sabe. Eres demasiado confiada.

—Bueno, eso no es tan malo, ¿verdad?

Él rió sin humor.

—Cómo voy a saberlo. No es un rasgo que me resulte familiar. En el mundo despiadado de los negocios, tener una naturaleza abierta es como cargar una pistola y apuntarla a tu propia cabeza.

Cristina experimentó un escalofrío.

—Razón por la que jamás tendré algo que ver con ese mundo.

—No, no puedo decir que te vea en él –al imaginarla en una sala de conferencias hablando de fusiones y adquisiciones no pudo contener una sonrisa. Se sentía sorprendentemente bien caminando por las ajetreadas calles de Londres con los zapatos embarrados, el traje para el tinte y la gabardina agitada por el viento–. No tiene sentido que vuelva a la oficina –le dijo de repente–. Te llevaré a cenar.

—No tienes que hacerlo.

—Soy consciente de ello –alargó la mano y como por arte de magia apareció un taxi. Abrió la puerta, le dio la dirección al taxista y se volvió hacia ella–. ¿Y bien?

—¡Sí! –aceptó encantada.

Sabía que no se trataba de ningún tipo de cita. Rafael no era la clase de hombre que pudiera sentirse atraído por ella. No obstante... lo parecía, por lo que se duchó rápidamente y se vistió en consonancia, de forma casual pero sexy como se lo permitían las restricciones que le imponían su figura. Se puso un top ceñido de manga larga de tono albaricoque. No abandonó los vaqueros, aunque se calzó unas botas y se arregló el cabello con las manos y lo dejó suelto.

Tardó menos de cuarenta y cinco minutos y los ojos le brillaban al reunirse con él en la cocina, donde Rafael se había servido agua mineral mientras la esperaba.

Tenía buen aspecto.

La miró asombrado porque la figura apenas vislumbrada antes, en ese momento se revelaba curvilínea y extremadamente femenina. Un escote tentador se asomaba con provocación entre los pliegues de su abrigo.

Siguió observándola con interés hasta que Cristina se encogió bajo su escrutinio.

–¿Qué? –preguntó nerviosa–. ¿Tengo algo en la cara?

–Se te ve bien –era la primera vez que pensaba en una relación que podría ser duradera. Al menos la primera vez desde su desastroso matrimonio años atrás. Entonces había cometido un error terrible y no tenía intención de repetirlo. Nunca había permitido que su madre dictara el camino de su vida amorosa, pero en esa ocasión se hallaba preparado para conceder que el tiempo pasaba.

La visión de un anciano solitario se había extendido ante él en toda su dudosa gloria y no le había gustado.

Esa mujer encajaba en la descripción de esposa cualificada. Y la guinda del pastel era que recibiría la aprobación de su madre, a quien no le había gustado ninguna mujer que había incorporado a su vida, incluida su ex mujer.

–Gracias –Cristina se puso colorada y se recordó que no se trataba de una cita.

–Ahora vamos a mi casa para que pueda ducharme e irnos. ¿Qué tipo de comida te gusta?

–¡Toda!

Charló feliz mientras subían a otro taxi para el trayecto de veinte minutos hasta su dúplex. Confesó que sentía debilidad por los dulces y lo puso al corriente de todas las dietas que había seguido a lo largo de los años, y luego le preguntó con cierta ansiedad si le parecía buena idea el plan del equipo de fútbol.

Era sencilla y nada complicada e instintivamente supo que no lo pondría en la situación de tener que dejarla por haberse extralimitado.

–¿Hablabas en serio al decir que volverías a otro de los entrenamientos? –preguntó ella de repente–. Mencionaste que la próxima vez irías mejor preparado.

Rafael había disfrutado con el partido. En realidad, no había jugado, había permanecido a un lado echándole una mano, pero en ese momento pensaba que tal vez pudiera sacar el tiempo. Había practicado tanto el rugby como el fútbol en el instituto y en la universidad, y en ambos había sobresalido. Pero, como con tantas otras actividades, los había dejado en cuanto su vida laboral lo había absorbido.

Asintió despacio y miró su rostro expectante.

–¿Por qué no? Puedo arreglarlo para venir al menos de vez en cuando, en especial si tu así llamado colega vuelve a largarse.

Sabía que sus esfuerzos valdrían la pena. La cortejaría a la antigua. El matrimonio como una propuesta de negocios no sería de su estilo, y no la culpaba.

Aunque sí funcionaría para él. El amor era una complicación, y después de años de complicaciones imprevistas en su trato con las mujeres, estaba preparado para reconocer que lo que necesitaba era un matrimonio de conveniencia.

—¿En serio?

—Pareces asombrada.

Le dedicó un media sonrisa que le desbocó el pulso.

—Lo estoy —confesó con franqueza—. Tenía la impresión de que no sacabas tiempo en tu vida para muchas actividades de ocio, y menos para el fútbol con un grupo de chicas de instituto.

—He de comunicarte que en mi época fui un excelente jugador.

—¿Qué pasó?

—El trabajo.

—Bueno, nunca es demasiado tarde para aflojar esas cadenas —indicó ella con gentileza.

—¿Cadenas?

—Las que te retienen atado a tu escritorio.

Habían llegado. Cristina se preguntó si era su imaginación o empezaban, con todas las probabilidades en contra, a establecer vínculos. Apenas podía creérselo. Era un hombre completamente fuera de su liga, al menos en términos de atracción física y *savoir faire* social. Ella, al igual que Rafael, procedía de un entorno privilegiado, pero ahí se terminaba todo parecido. Sin embargo, podía sentir algo indeciso entre ellos. Era aterrador y estimulante al mismo tiempo y hacía que la cabeza le diera vueltas, como si volviera a tener doce años y se subiera a una de esas monstruosas montañas rusas a las que había ido con sus amigos.

Como carecía de experiencias a las que recurrir, se contentó con algunas fantasías placenteras protagonizadas por Rafael.

Cuando éste reapareció vestido, los dos ya habían tenido dos hijos y un par de perros.

Se sonrojó culpable y sintió alivio de que no pudiera leerle la mente.

Fueron a un restaurante tailandés y sólo cuando casi habían acabado una botella de vino Rafael le preguntó de forma casual cómo era que jamás había tenido novio.

—¡Claro que he tenido novios! —corrigió Cristina con vehemencia—. Lo que pasa es que no he conocido a nadie con quien desee quedarme.

—¿Y eso se deba a...?

—Debo de ser muy exigente —respondió con ligereza, agradablemente embriagada después de la botella de vino.

—¿Oh, sí? —adelantó el torso. Cristina tenía las mejillas rosadas y los ojos brillantes. No estaba coqueteando con él, pero había algo innegablemente sexy en ella... el modo en que tenía los labios entreabiertos, cómo se le agitaban los pechos plenos cuando gesticulaba, algo a lo que era propensa. Alargó la mano, tomó una gamba de su plato y se la puso en la boca.

El rubor de su cara se acentuó y mordisqueó la exquisitez que él le ofrecía. Un gesto tan pequeño... pero que le desbocó el pulso y le provocó un hormigueo en la nuca.

—Te estás ruborizando —musitó él, coqueteando de forma descarada aunque manteniendo la expresión seria—. ¿Por qué? ¿Te pongo nerviosa?

—Supongo que un poco —confesó—. ¿Puedo hacerte una pregunta?

—Lo que te apetezca —se reclinó en su silla, bebió un sorbo de vino y la observó por encima del borde de la copa.

—¿Estás coqueteando conmigo?

—¿Perdona?

–¿Estás coqueteando conmigo?

Desconcertado por la pregunta tan directa, buscó una contestación.

–¿Y si así fuera? –respondió al final con otra pregunta.

–Te preguntaría por qué.

No era una conversación que alguna vez hubiera mantenido con una mujer, pero debía reconocer que esa mujer no se parecía a ninguna otra que hubiera conocido.

–¿Y bien? –necesitó valor, pero estaba decidida a averiguar exactamente en qué punto se hallaban. Él era un hombre cosmopolita y no habría nada más humillante que ayudarlo a creer que el objetivo de sus nobles atenciones empezaba a convertirse en un incordio.

–Si coquetear es decirte que te ves sexy, entonces estoy coqueteando –ese enfoque indirecto le estaba resultando extrañamente agradable. De hecho, estimulante.

–¿Sexy? ¿Yo?

La miró serio.

–Soy un conocedor de las mujeres y tienes un cuerpo muy apetecible, Cristina.

–Yo... Yo no estoy segura de aprobar que... que mi cuerpo sea... inspeccionado de esa manera –tartamudeó–. Jamás me han gustado los hombres que... que tratan a las mujeres como objetos.

–Y te ofrezco mis disculpas si es la impresión que te he dado.

Les sirvieron la comida, muchos pequeños platos para probar diferentes recetas, con el delicioso aroma a coco y cacahuete.

Mientras miraba la aromática selección, se preguntó por qué engañarse. Le había gustado el comentario de Rafael. Había estado fuera de lugar, pero le había gus-

tado que hubiera estado mirando su cuerpo. Su mente
se había disparado y lo había imaginado tocándola. El
simple hecho de pensar en ello la encendía y la molestaba.

–De acuerdo –le sonrió con timidez. Ésa era su manera de coquetear. Pensó que habría quedado mejor si
no hubiera enrojecido como un tomate, pero era nueva
en ese juego.

Sonriéndole, Rafael supo que estaba ganando un
juego que comenzaba a tornarse muy agradable. Ni
por un momento pensó que se mostraba injusto o que
empleara su tremenda y poderosa atracción para me-
terse bajo la piel de Cristina y anularle las defensas.
De hecho, pensaba que le hacía un favor al no discutir
los pros y los contras de un matrimonio de conveniencia. Si eso no era respeto por los valores de ella, ¿qué
lo era, entonces?

Alzó la copa en un brindis indolente y no dejó de
observarla mientras ella bebía vino.

–¿Sabes? –confió Cristina al dejar el tenedor y el
cuchillo sobre su plato después de una cena magnífica–. Siento como si te conociera de siempre. ¿No es
raro?

–Lo es –convino él. Pensó que era tan transparente
como una lámina de cristal. No había el juego de «llegar a conocernos», ninguna insinuación sugerente para
avivar su apetito, ninguna mirada pícara que desper-
tara su curiosidad.

–Salvo –frunció el ceño–, que en realidad no te conozco, ¿verdad? –algo en ese hombre, más allá de su
extraordinario atractivo, atravesaba su reserva sexual y
llegaba hasta su mismo núcleo.

–¿Hasta dónde llegamos a conocer a otra persona?
–lo divertía lo cómodo que se sentía en su compañía.

–Ésa es una respuesta tonta –soltó sin rodeos y Rafael le respondió con una carcajada.

–Una respuesta boba... Nooo....

–¿No qué?

–No. He hecho memoria y no recuerdo que alguien dijera alguna vez que algún comentario mío era tonto.

–Te estás burlando de mí.

–¡Dios me libre! –pidió café para los dos. Luego se dedicó a escuchar relajado sus planes a partir de ese punto. Asombrado, se dio cuenta de que entre los dos habían dado cuenta de casi dos botellas de un espléndido vino italiano.

–Lo que pasa es que tú ya lo sabes casi todo de mí. Te he hablado de mi familia, de mis hermanas, de mis estudios, de mi floristería. Sin embargo, tú no me has contado nada de ti. Sé que trabajas mucho y eres un magnate de los negocios, pero, ¿qué más?

Pensó en todas las horas que dedicaba a dirigir compañías en todo el mundo y le divirtió que lo resumiera con «eres un magnate de los negocios».

–Estudié Económicas, Física y Psicología en la universidad.

–¿Psicología? Frankie quería estudiar psicología, pero papá le dijo que no tenía futuro, de modo que se decantó por Historia. La verdad es que jamás utilizó su licenciatura, ya que se casó y tuvo hijos. Aunque supongo que a ti te resulta útil en los negocios... puedes entrevistar a gente y saber lo que realmente piensa.

–Psicología, Cristina –comentó con ironía–, no telepatía –guardó silencio unos momentos y luego tomó una decisión–. Y, sí, supongo que es útil en el mundo de los negocios. Saber cómo tiende a pensar la gente te da ventaja en anticipar sus movimientos, lo cual puede resultar útil en una negociación. Aparte de eso, ha sido menos eficaz de lo que puedas imaginar.

–¿A qué te refieres? –casi contuvo la respiración al percibir que se encontraba al borde de una revelación.

–Estuve casado... –le sonrió sin humor. Había decidido tocar ese tema porque su matrimonio no era un secreto, y tarde o temprano ella se enteraría de la existencia de Helen por su madre. Quería dejar las cosas claras desde el principio. Sin embargo, una vez que las palabras salieron por su boca, descubrió que hablar de su vida privada no era uno de sus talentos, ya que jamás lo había hecho.

–No es necesario que entres en detalles –se apresuró a decir Cristina, en parte porque percibía que a él le resultaba difícil y en parte porque en el mundo de fantasía que no dejaba de pensar, enterarse de la existencia de una mujer que podía resultar haber sido el amor de su vida no era lo que deseaba–. Quiero decir, sé que a los hombres no se les da bien expresar sus sentimientos... –lo había leído en alguna parte–. Aunque es evidente que a algunos hombres sí –añadió por amor a la exactitud–. Algunos hombres pueden ser muy sensibles.

–Por supuesto –confirmó–. Los hombres que pueden llorar con una película y que consideran que tejer no debería ser algo sexista –fue el turno de ella de reír, lo que le provocó una sonrisa–. Me casé con una mujer llamada Helen cuando tenía... Bueno, poniéndolo de una manera clara, siendo lo bastante joven como para engañarme creyendo que era amor.

–¿Y no lo era? –preguntó Cristina esperanzada.

–Fue una catástrofe –ésa era la versión real de los acontecimientos que no le había contado a nadie, ni siquiera a su madre. Era la versión que no tenía intención de contarle a ella, pero que, de algún modo, su cerebro había fracasado en transmitirle a su boca. Llegó a la conclusión de que al menos sería breve–: Nos conocimos en la universidad. En una de esas fiestas en que con demasiada cerveza te emborrachas y todo el mundo regresa tarde a sus residencias.

Cristina trató de imaginar a un Rafael irreflexivo y descabellado, perdidamente borracho, y descubrió que no le era posible.

–Helen estaba allí. A diferencia de todos los demás, perfectamente sobria, un poco apartada de su grupo mientras miraba a su alrededor –recordó esa mirada. Había sido fría y distante y fue precisamente lo que lo atrajo. Y su asombrosa belleza: cabello rubio platino, cuerpo alto y lánguido, ojos de un verde increíble. La había deseado nada más verla, e incluso con veinte años, había sabido que la tendría.

Se oyó explicar el momento en que había sentido algo como nunca antes había experimentado. Y que había continuado sintiendo, como un hombre en trance, incluso cuando habían aparecido rumores que deberían haber despertado las alarmas.

–Resultó que era mayor que yo –continuó sin pasión–. Un pequeño dato que se guardó para sí misma y el hecho es que posiblemente nunca me habría enterado si no hubiera encontrado su pasaporte en el fondo de uno de los cajones. Nueve años mayor, para ser precisos. Tampoco era estudiante universitaria. En realidad, trabajaba en unos grandes almacenes de la ciudad –movió la cabeza–. Nos casamos en cuanto yo terminé la universidad; por ese entonces ella era bien consciente de la extensión de mi fortuna personal. Mi ex mujer fue un elemento vital en demostrarme la verdad que hay en el dicho de que no todo lo que brilla es oro.

No tardé mucho en darme cuenta de que lo que le sobraba en belleza le faltaba en fidelidad.

—Qué horrible para ti —musitó Cristina.

Era una buena oyente y le resultó extrañamente liberador abrirle su corazón.

—Para resumir una larga historia... —pidió la cuenta y le echó un breve vistazo antes de entregar su tarjeta de crédito—. No pasó mucho hasta que empezó a lanzar sus redes a otras aguas, al tiempo que seguía disfrutando de un estilo de vida suntuoso que debía de haber buscado toda la vida. Se vio involucrada en un accidente de coche fatal en los Estados Unidos y sólo sé que no era ella quien conducía. Creo que era el instructor de esquí que había conocido el año anterior.

—Es terrible —manifestó ella con sinceridad.

Lejos de sentirse irritado por esa respuesta tópica, lo conmovió la profundidad de sentimiento que había en la voz de Cristina.

—Es... la vida. Y ahora que sabes parte de mi pasado, es hora de irnos a casa. Mañana tienes trabajo. Y yo tengo que asistir a un sitio al que ya llego tarde —se puso de pie, sorprendido por la rapidez con que había transcurrido la velada.

—¿No estarán un poco molestos? ¡Son más de las nueve!

—No es el tipo de asunto que requiere una puntualidad estricta. Pero... —otra decisión inusual—. Tienes razón. La idea de recorrer una galería de arte y de tratar de mostrarme interesado en manchas de color al azar podría ser un esfuerzo serio a esta hora —hizo un par de llamadas rápidas y al cerrar el móvil, su presencia en la galería de arte había quedado cancelada.

Había empezado a llover, unas gotas heladas que cayeron sobre sus caras como agujas finas. Contra ese frío intenso la chaqueta de Cristina servía para poco y le alegró subir a un taxi, reclinarse y cerrar los ojos para revivir una tarde y una noche extraordinarias. La sesión de entrenamiento había empezado con tanta falta de promesa y terminado con ella compartiendo una cena con un hombre por el que se sentía extraña y embriagadoramente atraída.

¡Un hombre atraído por ella!

Que se había abierto a ella. Se preguntó si habría sido algo nuevo para él.

–No te me vas a quedar dormida, ¿verdad? –preguntó Rafael al oírla tratar de contener un bostezo.

–Lo siento –se movió y lo miró somnolienta–. Debe de ser por todo el vino después de la sesión de entrenamiento. Me siento extenuada.

Rafael fue a decir algo, pero notó que a ella se le cerraban los párpados. Comprendió que se estaba quedando dormida en su compañía.

Cuando el taxi se detuvo ante su edificio, la tenía apoyada contra él, con una respiración pausada y dulcemente dormida. El cabello olía fresco y limpio. La movió con gentileza y Cristina despertó con un sobresalto y se incorporó, disculpándose profusamente por haberse quedado dormida.

Parecía un cachorrito encogido.

–Te acompañaré, y antes de que me digas que no es necesario, lo sé. Pero lo haré de todos modos.

Sólo cuando estuvieron en el ascensor, con Cristina completamente despierta, cobró conciencia de la atmósfera que vibraba entre ellos. Algo había cambiado, aunque no era capaz de precisar con exactitud qué. Los dos sabían algo del otro que era exclusivamente para ellos, y esa intimidad parecía haber alterado algo de un modo emocionante y eléctrico. Se afanó en mantener los ojos apartados de él, pero cada nervio de su cuerpo percibía la presencia de Rafael a su lado, con el pelo húmedo por la lluvia y las manos metidas en los bolsillos de la gabardina.

Las puertas del ascensor se abrieron y de repente comprendió lo que había sucedido desde que lo conoció.

Por motivos que se le escapaban, había despertado algo en ella, un lado sexual oculto hasta entonces y que había esperado el momento preciso. Aunque él no era el hombre apropiado, la hacía sentir viva y le ponía los sentidos en alerta máxima.

Y no podía evitar pensar que también sentía algo por ella. Todo apuntaba en esa dirección porque, de lo contrario, ¿qué ganaba fingiendo una atracción inexistente? ¿Qué sentido tendría?

Nunca, ni en sus sueños más descabellados, había llegado a pensar que podría encontrarla sexy, pero eso parecía... y ese descubrimiento era tan poderoso como una droga, y le encendía la sangre y la emborrachaba de excitación.

Le temblaban las manos al introducir la llave en la cerradura para que ambos entraran.

En esa ocasión, no se volvió para darle las gracias y desearle buenas noches; giró la cabeza a medias y le preguntó si le apetecía una taza de café.

Se quitó la chaqueta, la colgó del pasamanos de la escalera y sin darle tiempo a plantear una pregunta, subió los peldaños estrechos con el corazón latiéndole con tanta fuerza que juró que habría podido oírse de no llegarles el ruido de la lluvia.

Pero lo que oyó fue que la seguía.

Al sacar dos tazas de un armario, vio que él se había quitado la gabardina y su jersey beige de cachemira y se había remangado la camisa.

Mientras echaba unas cucharaditas de café en las tazas Rafael permaneció en la misma posición en la puerta, aunque ya apoyado contra el marco y sonriéndole.

–¿Me creerías si te dijera que nunca antes había conocido a alguien como tú? –comentó él relajado.

–¿Es un cumplido?

–¿No lo es siempre cuando alguien te dice que eres única?.

Durante unos segundos, Cristina pensó que en realidad no le había contestado, al menos no de forma muy satisfactoria. Pero los pensamientos se le dispersaron al ver su sonrisa tan expresiva.

Rafael fue hacia ella y le quitó la tetera de las manos temblorosas, luego sirvió el agua hirviendo en las tazas.

–Ya estás otra vez –murmuró con suavidad–. Te comportas como una gata sobre un tejado de cinc caliente. ¿Estás nerviosa porque coqueteé contigo durante la cena?

Cristina, perdida en las profundidades de esos fabulosos ojos azules, movió la cabeza aturdida. Era imposible pensar con claridad cuando se miraban de esa manera.

Alzó la mano y en silencio le acarició la mejilla. Y entonces, poniéndose de puntillas y cerrando los ojos al acercarse a él, le cubrió suavemente la boca con la suya.

Capítulo 5

RAFAEL no supo si fue la inseguridad del gesto o la implicación que transmitía, pero el resultado fue explosivo. Un momento jugaba con ecuanimidad con la idea de que esa mujer, inesperadamente, pudiera ser la idónea para sentar la cabeza... y al siguiente su cuerpo reaccionaba ante un simple contacto, como si fuera la primera mujer que lo hubiera tocado.

No se detuvo a cuestionar su reacción.

Le devolvió el beso inseguro. Cerró los dedos sobre el cabello de ella y le echó la cabeza atrás para poder saquear con la lengua esa boca dulce y ansiosa hasta que el cuerpo de Cristina se amoldó al suyo. Al final tuvieron que cortar para respirar jadeantes.

–¿Estás segura de que quieres esto? –preguntó con tono vacilante. Nunca antes le había preguntado a una mujer si quería acostarse con él. En ese juego, las reglas se entendían a la perfección. Siempre había sido un ritual de cortejo, con la única salvedad de que jamás conducía a la permanencia.

Era irónico que le diera a esa mujer la opción de dar marcha atrás cuando era la elegida.

Pero lo confortaba saber que podía racionalizar una relación del mismo modo que racionalizaba una hoja de cálculo.

Deseó haber tenido ese conocimiento años atrás, al lanzarse a un matrimonio por ese concepto inexistente, ilusorio, erróneo y ridículamente sobrevalorado llamado amor. Deseó que entonces alguien le hubiera dicho lo que sabía en ese momento, que el amor no existía. Estaba el sentido común, y eso, por encima de cualquier cosa, era lo que mantenía en marcha el mecanismo de una relación.

Cristina lo miró con absoluta convicción y asintió. No pudo evitar quedar impresionada por el hecho de que él no sólo no había tomado lo que le había ofrecido, sino que le había brindado la oportunidad de cambiar de parecer. ¿Cuántos hombres habrían hecho eso?

Entrecerró los ojos y en esa ocasión, cuando la boca de él tocó la suya, fue con una ternura devastadora. Le rodeó el cuello con los brazos y gimió muy despacio mientras la llenaba de besos en los párpados y en las mejillas antes de volver a capturarle la boca.

–Creo que deberíamos continuar en el dormitorio, ¿no te parece? –preguntó él despacio y ella suspiró en silencioso acuerdo.

Una vez allí, lo miró abiertamente fascinada mientras él comenzaba a quitarse la ropa, y cuando lo observó con divertida ironía Cristina se ruborizó, pero no desvió la vista ni Rafael pareció molesto por su concentración.

Sólo al quedar en calzoncillos sus nervios se activaron y la embargó una súbita y horrible timidez.

–No te preocupes –murmuró él, peculiarmente conmovido por la expresión cauta y nerviosa de Cristina. Fue despacio hacia ella, ya que no deseaba asustarla. Se hallaba enorme y descaradamente excitado y podía sentir su erección contra los calzoncillos, pero iba a tomarse su tiempo.

–No estoy preocupada –se mordió el labio, apartando la vista de ese bulto que era al mismo tiempo una fuente embriagadora de excitación y de miedo–. De acuerdo, lo estoy. Un poco. No estoy... No sé...

–Yo cuidaré de ti –musitó Rafael con delicadeza.

Cristina asintió agradecida y siguió contemplando su belleza poderosa y masculina. La desbordaba en experiencia, había tenido tantas amantes. Eso asustaba un poco, igual que el conocimiento de que todas esas amantes habrían sido tan físicamente perfectas como lo era él.

Decidió desterrar eso de su mente y centrarse en el hecho extraordinario y estimulante de que la encontraba atractiva.

–Nunca antes he llegado a desvestirme delante de un hombre –confesó.

–Y me excita saber que soy el primero –le reveló con sinceridad.

Le habría gustado posar la mano de ella con firmeza sobre su erección, hacer que lo sintiera, pero supo que para eso tendría que esperar, y le encantaba hacerlo. Comenzó a desnudarla y, a medida que las pieles entraron en contacto, fue consciente de lo trémula que se encontraba.

Cristina se había reservado toda la vida para eso, y era una experiencia gloriosa. Bajó la vista a la cabeza oscura que en ese momento jugaba con su pecho y sufrió un escalofrío antes de cerrar los ojos por las intensas y delicadas sensaciones que la boca y la lengua causaban en su delicado pezón. Tenía el cuerpo encendido por un extraño, maravilloso y exquisito placer que hacía que anhelara más. Se arqueó y se contoneó de forma instintiva contra esa boca exploradora, avergonzada por ese imprevisto lado licencioso que de pronto se veía liberado.

Estaba desesperada por arrancarse la ropa interior, incapaz de contener la reacción de su propio cuerpo a esas caricias.

Cuando él abandonó sus pechos para dejar una estela de besos a lo largo de su estómago, Cristina se sentó y lo subió hacia ella.

—¿Qué estás haciendo? —graznó y él sonrió con encanto juvenil.

—Relájate. No haré nada de lo que no disfrutes.

Cristina se preguntó cómo iba a poder relajarse cuando iba a tocarla con la boca *ahí*, en su lugar más íntimo. No estaba preparada para su reacción eléctrica cuando él separó esos pliegues delicados y comenzó a acariciarla con la lengua. La gloria de lo que sentía frenó en seco todas sus incipientes inhibiciones y comenzó a gemir mientras él continuaba lamiéndole ese capullo extremadamente sensible hasta que pudo sentir que se acercaba el clímax inevitable.

¡No! Incluso en su inocencia, sabía que hacer el amor debería ser un proceso bilateral, pero era imposible frenarlo. Volvió a dejarse caer sobre la almohada, incapaz de otra cosa que de observar la cabeza que se movía entre sus muslos, y entonces se perdió en una oleada tras otra de abierto placer que la impulsó a gritar toda la intensidad de su orgasmo.

—Lo siento —susurró, mortificaba por la falta de control sobre su propio cuerpo.

Rafael, que aún se recobraba de la satisfacción de haberle proporcionado placer, la miró desconcertado.

—¿Que lo sientes? ¿Por qué? —se incorporó hasta quedar a la misma altura que ella y tuvo que emplear toda su fuerza de voluntad para no acariciarle esos pechos que podían volver loco de deseo a un hombre.

–No... no debería haber pasado así... –susurró Cristina. Sintió que se le formaba un sollozo en la garganta y se lo tragó.

–¿Cómo? ¿Lamentas lo que acaba de suceder entre nosotros? –a pesar de que en un dormitorio se sentía tan relajado como en una sala de juntas, en ese momento se encontró en terreno virgen.

–No lo lamento –respondió ella consternada–. Pero... pero... No puede haber sido tan satisfactorio para ti.

Rafael estuvo a punto de reír, pero se contuvo, ya que sospechaba que ella podría interpretarlo bajo otra luz. Le acarició la mejilla y sonrió.

–No tengo idea de qué hablas –le comentó con suavidad, lo que le provocó otra sonrisa temblorosa.

–He leído artículos. A los hombres les gusta quedar satisfechos mediante el acto sexual pleno... si no... –intentó recordar qué sucedía si no era así–. ¿No conduce eso a bloqueos peligrosos o algo por el estilo...?

Rafael sintió que los labios querían moverse con vida propia y carraspeó.

–No es una consecuencia de la que tenga conocimiento –respondió serio– Y resulta que me siento completamente satisfecho –le dio un beso delicado en los labios–. Créeme cuando te digo que tu reacción ha sido inmensamente gratificante y que me siento privilegiado de haberte... brindado placer.

Cristina sintió que el sol atravesaba las nubes y en esa ocasión su sonrisa estuvo llena de una calidez tímida. Era un amante generoso. ¿Acaso había esperado lo contrario? ¿No había sabido que ese hombre, sin importar lo diferentes que parecieran ni los distintos grados de experiencia que poseían, era el idóneo en cada acepción de la palabra?

En ese momento pensó que, por algún motivo, el

destino había considerado oportuno unirlos, y el motivo era ése.

Le tomó la mano y la posó sobre su pecho. Lo vio respirar hondo, como poseído por algo sobre lo que no tenía control. Cuando Rafael le guió la mano hacia él, fue completamente natural y cuando, después de un feliz y pausado juego amoroso, hicieron el amor, fue algo glorioso. Maravilloso. Si hubiera podido detener el tiempo, no lo habría dudado. Le habría encantado embotellar el recuerdo y mantenerlo para siempre, de modo que pudiera olerlo cuando le apeteciera.

—¿En qué piensas? —preguntó él, apoyándose en un codo para mirarla.

—En que por lo general estoy en la cama a esta hora.

—Estás en la cama.

—En la cama y dormida —corrigió, riendo.

—¿Y dirías que eres feliz prescindiendo de tu sueño reparador? —preguntó jubiloso. Lo había satisfecho más allá de toda expectativa. No había dejado un centímetro de su cuerpo que no hubiera explorado, y había disfrutado con cada segundo.

—Diría que ha sido un cambio agradable —convino con timidez.

Puede que él hubiera tenido un montón de mujeres en el pasado, quizá de joven había tenido una experiencia desdichada y neciamente se había casado con la mujer equivocada... pero ya era mayor y le gustaba pensar que el hecho mismo de que ella fuera tan distinta de las mujeres que atiborraban su pasado resultaba prometedor.

—«Agradable» es una palabra tan inocua —la reprendió. Quitó la mano y en su lugar puso el muslo entre las piernas de ella y comenzó a moverlo de forma rítmica.

–No estará hablando tu ego, ¿verdad? –bromeó Cristina, con parte de su atención centrada en lo que le hacía a su cuerpo, que empezaba a excitarse casi sin descanso desde la última vez que se habían tocado.

–Los hombres somos una especie frágil –respondió con suavidad.

–Quizá debería decir que fue devastador.

–No cabe duda de que vamos mejorando.

Le tomó un pecho exuberante y se inclinó para lamerle el pezón, que se puso rígido en respuesta inmediata. Cuando comenzó a succionárselo, ella emitió un gemido contenido y comenzó a moverse contra él, y en esa ocasión hicieron el amor con voracidad y urgencia, sin dejar de explorarse con bocas y manos. Le hizo a Rafael lo mismo que él a ella, probándolo y disfrutando de cada centímetro de su erección.

Finalmente, se quedó dormida y despertó en una habitación invadida por la luz y sin rastro de él.

Pero le había dejado una nota en la que le informaba de que la llamaría. La llevó consigo el resto del día. Literalmente se sentía embargada por la emoción y cuando al día siguiente alzó el auricular del teléfono y oyó la voz aterciopelada, le costó no contarle lo feliz que se sentía.

Los acontecimientos se movieron a la velocidad de la luz durante los siguientes tres meses.

Descubrió que Rafael no era un hombre que hacía las cosas a medias. La deseaba y ella estaba más que dispuesta a complacerlo. Hacerse la difícil no figuraba en su repertorio de ardides femeninos.

Esa noche se esmeró más al vestirse. Él llevaba fuera los últimos tres días debido a un viaje a Boston.

Por teléfono le había dicho que realmente se moría por
verla y Cristina predijo que se encontraría de muy
buen humor cuando llegara.

Como de costumbre, habían planeado comer fuera.
Después de probar bastantes restaurantes, habían reducido el campo a unos pocos predilectos. Y de vez en
cuando, se saltaban por completo la comida, cuando la
atracción del dormitorio se tornaba simplemente irre-
sistible.

Sin embargo, ese día Cristina se había ido antes de
la floristería para cocinar. Pescado, porque nunca dejaba de vigilar su peso, con verduras preparadas exactamente como le había enseñado su chef en casa siendo
pequeña. Todo orgánico, desde luego, y bañado en una
maravillosa atmósfera gracias a unas fragantes velas
que había encontrado en una pequeña tienda a la vuelta
de la esquina.

Al echarse un último vistazo en el espejo y gustarle
el modo en que el vestido negro ocultaba lo que ella
todavía consideraba unas caderas generosas, a pesar de
la insistencia de Rafael de lo contrario, sintió un súbito
nudo de nervios en el estómago.

Se había sentido dichosamente feliz. Rafael satisfa-
cía cada parte de ella. Era su compañero y su espíritu
afín, pero las palabras de Anthea de que fuera con cuidado le habían llenado la mente de dudas. Parecía muy
pronto en la relación como para hablar de un futuro,
pero, ¿no se suponía que dos personas enamoradas sabían casi de inmediato si querían o no comprometerse
la una con la otra? Estaba segura de haber leído en alguna parte que las relaciones podían fluir durante
años, en apariencia sin rumbo fijo, hasta que una de las
partes la rompía y a las pocas semanas se casaba con
otra persona.

Cuando trataba de pensar en la vida sin Rafael, la mente se le quedaba en blanco y sentía un temor frío.

En ese momento razonó que sólo podría controlar ese miedo si tomaba el toro por los cuernos y hacía lo que Anthea le había sugerido. Hablar del futuro.

Pero en cuanto oyó que llamaba al telefonillo de la entrada y al rato se presentaba ante su puerta, se preguntó si la comida allí había sido tan buena idea.

Nada más verlo, todos sus pensamientos se esparcieron a los cuatro vientos.

Había ido directamente desde el aeropuerto y aún llevaba la bolsa de viaje junto con el maletín negro. El clima era muy suave para encontrarse a mediados de mayo y se había remangado la camisa hasta los codos. Se lo veía fibroso, bronceado y musculoso y le hizo experimentar esa sensación ya familiar de excitación.

Entonces se inclinó y la besó, tomándose como siempre su tiempo para hacerle promesas con la boca que luego cumpliría en la cama.

Después, se irguió y miró hacia el recibidor pequeño.

–¿Qué es ese olor?

–¿Olor? –las palabras de Anthea empezaban a desvanecerse cuando pasó a su lado y miró escalones arriba, hacia la cocina–. ¡Oh, *ese* olor! –movió la mano en un gesto casual–. He pensado en preparar la comida. Sé que teníamos reserva en un italiano, pero eso de comer siempre fuera... No estoy segura de obtener el equilibrio correcto de... mmm... nutrientes –lo siguió escalones arriba, donde la mesa puesta, las copas de cristal y las velas encendidas delataban que no era una comida improvisada para mejorar los nutrientes–. Pensé en... –calló y lo miró de pie en la cocina pequeña–... prepararnos algo. Nada del otro mundo –se mordió el labio nerviosa–. No me importa si prefieres

salir –concluyó con docilidad, pero al volverse él sonreía.

–Ni lo sueñes. Huele demasiado bien para no co-
merlo –se acercó y la tomó en brazos–. No sabía que
cocinar fuera otra de tus especialidades –una pieza
más que encajaba en algo que se había convertido en
placenteramente tradicional. Cristina daba forma a los
hogares, nada que ver con las mujeres con las que había salido en el pasado.

Ella suspiró aliviada.

–Yo no la llamaría especialidad.

–¿Tengo tiempo para darme una ducha? –se había
vestido para él. Había cocinado para él. Normalmente,
esas dos cosas combinadas lo habrían impulsado a huir
sin mirar atrás, pero con un hogar y una chimenea en
la agenda, se sumaban justo a lo que necesitaba. Una
mujer programada para satisfacer a su hombre, completamente diferente a la que había tenido por primera
esposa. El hecho de que lo excitaba era un plus y no se
detuvo a pensar en qué sucedería cuando alcanzara el
umbral de aburrimiento. Ya cruzaría ese puente cuando
llegara a él.

Estaba preparada con los entrantes cuando veinte
minutos más tarde él salió de la ducha, con el pelo aún
mojado y peinado hacia atrás, unos vaqueros y una ca-
miseta negra. Nunca había llevado ropa a su casa, pero
con el tiempo Cristina había acumulado algunas prendas dejadas por Rafael, que había enviado a la tintorería
y guardado con mimo en un cajón del dormitorio libre.

Rafael se sentía maravillosamente relajado. Al final, en vez de ayudarla, se decidió por servir dos copas
de vino y sentarse a la mesa de la cocina para poder
mirarla mientras iba de un lado a otro, comprobando
cosas y sacando la vajilla del armario.

Lo asombraba que su charla casi constante no lo irritara. Era una mujer a la que se complacía con facilidad y eso le gustaba. En el esquema general de las cosas, cuanto más costaba complacer a una mujer, más breve era la relación.

En ese momento le hablaba de un entrante, una combinación de diversos mariscos en una salsa picante de tomate y servidos en un cuenco de cristal con lechuga y tomates frescos.

–¿Te estoy aburriendo? –preguntó de repente y Rafael la miró con curiosidad.

–¿Por qué preguntas eso?

–Porque da la impresión de que soy la única que habla y... –se acomodó el pelo detrás de una oreja y lo miró ansiosa–. Me preguntaba si te resultaría un poco monótono escucharme divagar sobre las pequeñas cosas tontas que pasan en mi vida, cuando es probable que prefieras hablar de cosas más importantes.

Rafael pinchó una gamba con el tenedor y se la ofreció para que ella la mordiera. Tenía una boca muy sexy y una manera muy sexy de comer. Disfrutaba con cada bocado y el simple hecho de mirarla lo excitaba.

Sin embargo, en esa ocasión movió la cabeza y durante unos momentos bajó la vista a su plato.

–Disfruto no hablando de «cosas importantes» –le contó–. Paso innumerables horas hablando de trabajo. Es estupendo llegar aquí y escucharte a ti contarme cosas de tu vida.

–No tengo una vida impresionante, Rafael. Tú sí.

–Todo lo contrario –terminó su entrante y se levantó para recoger los platos sucios–. Escucho a corredores de Bolsa, banqueros y abogados discutir de tecnicismos sobre fusiones y adquisiciones y los mercados extranjeros. Nada que pueda impresionar.

A Cristina le sonaba bastante impresionante. Por lo general, le habría expuesto su absoluta falta de capacidad en lo referente a los temas monetarios. A menudo él había bromeado al respecto. Pero en ese momento, centrada en averiguar hacia dónde estaban yendo, y con las palabras de Anthea resonando en su mente, cayó en un silencio ansioso.

—¿De qué hablabas con tus... otras amigas? —inquirió al final, y él la miró ceñudo.

—¿Cómo voy a recordarlo? —Cristina parecía perdida en un pequeño mundo propio de preocupación, de modo que sacó el pescado del horno y le indicó que permaneciera sentada mientras él lo servía. Al terminar, se sentó y la miró—. Y ahora, dime, ¿qué sucede?

«Ahora o nunca». Respiró hondo y se recordó que jamás había sido la clase de chica dispuesta a esperar un día que tal vez jamás llegara. Tenía principios anticuados y ya estaba en proceso de ponerlos en peligro por acostarse con Rafael cuando carecía de una idea real de hacia dónde iban. Se había enamorado instantánea y locamente de él, y así como dicho amor era glorioso y enriquecedor, también había emboscado inteligentemente toda una vida de convicciones y creencias románticas.

—Rafael... Realmente necesito saber adónde vamos. Quiero decir —continuó con celeridad—, jamás planifiqué involucrarme en una relación que fuera a ninguna parte —por debajo de la mesa, se estrujó las manos e insistió en que estaba haciendo lo correcto—. Le he hablado a mis padres sobre nosotros y no han dicho nada, pero sé que no lo aprueban. Puede que a ti esto te suene tonto, pero... —esos asombrosos ojos azules se clavaron en ella y sintió que el estómago se le contraía en dolorosos nudos mientras con desesperación trataba de aferrarse a su coraje.

–¿Pero...?

–Pero no me han educado para irme a la cama con una serie hombres en relaciones sin sentido –tomó aire otra vez–. Yo... –estuvo a punto de cometer el desliz de decirle que lo amaba, pero se contuvo a tiempo, ya que eso habría garantizado la huida despavorida de él. Rafael en ningún momento había mencionado el amor y ella no iba a pedirle declaraciones sólo por la esperanza de que pudieran avanzar en la dirección adecuada en esa relación.

–Y eso es bueno –corroboró, sorprendiéndola. Se inclinó sobre la mesa. La primera vez que había propuesto matrimonio lo había hecho con estilo... de rodillas, con el anillo de compromiso de su madre. Aquel matrimonio había sido una ilusión. Ése, sin embargo, era realidad y no habría ningún necio gesto romántico–. No espero que te sigas acostando conmigo ni que asumas el papel de amante. Desde la primera vez que nos acostamos supe que representaba un tema de gran importancia para ti –hizo una pausa–. Yo jamás te faltaría al respeto, ni a tus padres. Razón por la que deberíamos casarnos.

–¿Casarnos?

–Por supuesto?

No era lo que Cristina había imaginado, ni como proposición de matrimonio ni como resultado posible de la conversación con él. Sin embargo, poco a poco asimiló las palabras. No sólo estaba preparado para ofrecerle la esperanzas de que su relación era mucho más seria de lo que ella habría imaginado posible, sino que lo demostraba haciendo lo que durante años había esquivado.¿Acaso no era ése su sueño hecho realidad? ¿Su final de cuento de hadas?

Sonrió con timidez y él le tomó la mano.

–Bueno... ¿es eso un sí? –preguntó en voz baja.

–¡Es un sí!

–Bien –se reclinó, satisfecho–. En ese caso, es necesario un anillo. Creo que es sensato decir que podríamos disfrutar de un breve periodo de calma antes de que nuestras familias entren en juego.

Lo que entró en juego fue la imaginación de Cristina.

¡Un anillo! ¡Iba a lucir un anillo de compromiso! ¡Y se iba a casar con el hombre de sus sueños! La vida no podía ser mejor.

Rodeó la mesa y se tiró a sus brazos.

–¿Significa eso –inquirió él– que te estás ofreciendo como postre?

–Sólo aprovecho al máximo este breve periodo de calma, como has ordenado –rió–. Y por si aún tienes hambre, puedes tomar el postre que te apetezca...

Capítulo 6

CRISTINA decidió que en realidad era mejor que eligieran el anillo de compromiso juntos, y, siendo Rafael como era, en cuanto ella aceptó la proposición de matrimonio él tomó el control de todo.

Sabía exactamente a qué joyeros visitar, ya que había recurrido a ellos en el pasado. Se preguntó qué era exactamente lo que les había comprado, pero se reservó esa pregunta incómoda, contenta con dejarse llevar. A pesar de poseer algunas joyas muy valiosas, casi todas guardadas en cajas de seguridad en el banco, no era una persona dada a llevarlas. Los anillos y los collares podían quedar bien en sus hermanas, pero a ella le resultaban molestos en las actividades diarias.

Pero cuando dos días más tarde se encontraban en una joyería exclusiva, Cristina observó consternada cómo sacaron expositores de anillos con diamantes del tamaño de naranjas.

–¿Sabes?, siempre podría conseguirlo de una de las joyerías de mi padre en Italia –musitó, mirando algo que brillaba tanto que llegó a considerar la necesidad de sacar del bolso las gafas de sol.

–Tonterías. ¿Qué le pasa a esta selección?

–¿Recuerdas lo que dije sobre que no me gustaban los diamantes del tamaño de rocas? –el hombre que los atendía se había apartado con discreción a un lado y

Cristina se volvió hacia Rafael incómoda–. Bueno, siempre podríamos buscar algo realmente más barato y sencillo –bromeó–. De ese modo, cuando me derriben mientras entreno, no importará mucho si se me cae.

Él frunció el ceño.

–¿A qué te refieres con eso de entrenar?

–Sucede –le explicó ella con tono jocoso– cuando corres por un campo embarrado con un grupo de adolescentes que intentan marcar un gol. A veces no me ven dando instrucciones en un lado. O sí –rió, esperando que Rafael la imitara.

–¿Y por qué vas a continuar entrenando? –preguntó con auténtico desconcierto.

–Ah –ya empezaba a entender. Se volvió hacia el propietario de la joyería con una sonrisa–. Saldremos un rato a decidir qué anillo es el adecuado –indicó–. Rafael, ¿vamos a comer algo para poder hablar de esto?

–¿De qué hay que hablar? En esta joyería tiene que haber un anillo que te guste, Cristina.

–Vamos –apoyó una mano en su brazo y lo guió fuera del local.

Una soleada tarde de sábado en Londres no era el lugar más tranquilo del planeta donde poder estar, ya que rebosaba de turistas, paseantes y compradores.

Lo condujo a una cafetería que había en la acera de enfrente, y una vez sentados con sus tazas de café delante, continuó:

–Escucha, Rafael, hay algo sobre lo que necesitamos hablar –bebió un sorbo del café con leche y pensó en lo que iba a decirle. Respiró hondo–. Adoro lo que hago. Vine aquí para poder abrir mi floristería y tratar de cumplir algunas de mis ambiciones. Sé que, comparadas con las tuyas, probablemente te resulten ínfimas, pero no pienso renunciar a todo aquello por lo que he trabajado en cuanto tenga un anillo en el dedo.

–No veo motivo alguno para que mi esposa trabaje –indicó él.

–Es un punto de vista muy victoriano. Estamos en el siglo XXI. Las mujeres van al trabajo. No se quedan en casa a limpiar, cocinar y esperar a sus maridos al final del día –comparada con su amiga Anthea, ella se consideraba anticuada, pero Rafael... Rafael era un dinosaurio.

–No te pido que te dediques a cocinar y a limpiar –señaló él–. Tengo mi propio chef y una persona viene dos veces a la semana para limpiar y planchar. De hecho, no representaría ningún problema si viniera todos los días. Estoy seguro de que le encantaría que le ofreciera más dinero.

–¿Y qué haría yo todo el día? –preguntó Cristina, quien a pesar de saber que debería estar enfadada con él por esa actitud tan arcaica, era cálidamente consciente de que detrás había una nota de posesión que le encantaba.

Rafael se encogió de hombros.

–Lo que hagan las mujeres que no van a trabajar todo el día –no quiso entrar en muchos detalles al respecto.

A diferencia de Cristina, a su querida ex esposa le había encantado dejar de trabajar y comenzar la ardua tarea marital de manejar vastas sumas de dinero.

En el proceso, se había aburrido de un marido que estaba siempre en el trabajo, de gastar dinero al azar y había empezado a dedicarse a ofrecer sus favores en otras partes, con hombres que halagaban su ego y llenaban las crecientes ausencias de su marido.

Irónicamente, Cristina, que disponía de dinero propio y no necesitaba trabajar, era quien le estaba insinuando que parecía salido del medievo por querer una esposa en casa.

—No tengo ni idea —le informó ella—. Jamás me he quedado en casa a hacer nada.

—¿Qué hacen tus hermanas?

—Rafael, las dos tienen hijos y vidas muy ajetreadas. Frankie se dedica a organizar muchos actos de beneficencia y las dos juegan al tenis y al golf.

Rafael no consiguió imaginarse a Cristina dedicándose a eso.

—Voy a seguir con la floristería —expuso con firmeza—. Y también continuaré entrenando al equipo femenino de fútbol cuando empiece la temporada a final de año. Y puede que en julio reciba mi primer encargo para ocuparme de un jardín. De modo que antes de casarnos y de que te decepcione, es mejor que te diga que no pienso dejar mis diversos trabajos.

—No me siento cómodo teniendo una esposa que no pare de moverse por todo Londres trabajando para otras personas.

Cristina, que sabía exactamente cómo funcionaba su mente, suspiró.

—No estaré moviéndome por todo Londres trabajando para otras personas —le respondió con suavidad.

—¿Trabajos de paisajismo?

—Un posible trabajo de paisajismo.

—Estarás por todo el país buscando plantas y árboles de temporada.

Cristina rió.

—No sabes nada sobre jardinería, ¿verdad?

—¿Y por qué iba a saberlo?

—Bueno, te aseguro que la mayor parte radica en el trazado y el diseño, y no tendré que ir por todo el país para conseguir las plantas que pueda necesitar.

Rafael, que había contado con una esposa obediente y tradicional, miró con consternación la expresión de obstinación de su boca. Podía ser dulce y dócil, pero resultaba evidente que era capaz de plantarse para respaldar sus creencias.

Si quería jugar en la floristería, que así fuera. El entrenamiento del equipo de fútbol podía considerarse como una forma de ejercicio, similar a ir al gimnasio una vez por semana. Y, bueno, un trabajo de paisajista... que tal vez ni siquiera se materializara... ¿qué sentido tenía estirar la cuerda en ese punto?

Además, y eso era de mayor importancia, ¿qué había hecho su ex en ausencia de un interés por un trabajo o una afición? El ocio era la madre de todos los vicios.

Le sonrió con magnanimidad.

—Tienes razón —comentó con grandilocuencia—. He sido educado en el concepto anticuado de que la esposa se queda en casa cuidando del fuego.

—Mientras el cavernícola sale a cazar —acordó, aliviada de haber superado esa dificultad menor—. Y no necesitaré un chef para que prepare la comida —prosiguió—. Aunque una persona que venga a limpiar sí será útil.

—Desde luego, el chef es redundante después de la comida que me preparaste hace un par de días —le sonrió—. En particular me encantó el postre —añadió con picardía—. ¿Cómo lo llamarías?

—¡Shh! —ruborizándose, miró a su alrededor.

—No puedo creer que seas tímida cuando piensas...

—¡Que es hora de irnos! —se puso de pie, roja como un tomate, consciente de que un par de mujeres demasiado cerca de ellos escuchaba con interés su conversación.

–Por supuesto. El anillo. Y luego –la miró con una sonrisa–... creo que debemos hacer un viaje al campo. Mi madre va a estar encantada.

Se sentía feliz durante el trayecto al Distrito de los Lagos. Costaba imaginar que meses atrás había realizado el mismo viaje en su pequeño Mini, cuando en ese momento iba en el Bentley de Rafael, con un futuro glorioso que se extendía ante ella con el hombre al que adoraba.

Tres semanas atrás finalmente habían elegido el anillo de compromiso. En ese momento miró el dedo en el que centelleaba, un recordatorio tangible de que no estaba en un sueño descabellado del que terminaría por despertar.

Él se había negado a complacerla con algo barato y sencillo. Habiendo estado rodeada de joyas toda su vida, le habría gustado descartar la formalidad de algo realmente caro, pero Rafael le había informado de que eso era inapropiado.

–Mi esposa lucirá lo mejor –le había dicho, desterrando cualquier pensamiento de rebelión.

El diamante no era del tamaño de una roca, pero jamás pasaría desapercibido. En absoluto práctico para su tipo de trabajo, pero una relación acarreaba concesiones.

Sus padres se habían mostrado encantados con la noticia del compromiso. De hecho, había tenido que plantarse para contener los planes de una grandiosa fiesta de pedida en Italia, similar a las que habían celebrado sus hermanas.

Cuando al fin llegaron a la casa de campo de María eran las siete. Cristina había dedicado gran parte del trayecto a dormitar, para regocijo de Rafael, ya que jamás había hecho que una mujer se durmiera.

–Hemos llegado –anunció, volviéndose hacia ella después de apagar el motor.

En un minuto su madre saldría y esperaba con ganas pasar un fin de semana sin el insidioso mensaje silencioso pero claro de que ya era hora de que encontrara una buena esposa y sentara la cabeza. Había seguido su consejo y se sentía plenamente satisfecho con la decisión tomada.

–¿Me quedé dormida? –preguntó ella, bostezando.

–Dormida y roncando.

–¡No es verdad! –se irguió en el asiento y lo miró horrorizada, pero sonrió al ver la expresión en su cara.

Le dio un beso rápido en los labios.

–Esto es lo único de lo que disfrutaremos –murmuró–. Al menos mientras mi madre nos tenga bajo su escrutinio. Nunca ha aprobado exhibiciones públicas de afecto. Puede que esta noche tenga que entrar sigilosamente en tu cuarto al abrigo de la oscuridad –miró hacia la puerta frontal, que aún seguía cerrada, y apoyó una mano sobre su pecho. No llevaba sujetador. Retiró la mano con clara renuencia y respiró hondo–. Será mejor que entremos –gruñó–. De lo contrario, me veré tentado a dar marcha atrás y poner rumbo a la zona de descanso más próxima, que seguro estará fría, ¿no?

–En especial cuando tu madre nos está saludando desde una ventana.

Sonrió cuando la soltó y abrió la puerta, dejándola con la piel electrizada ante la idea de haber estado con él en el coche, como dos adolescentes, con la cabeza de Rafael enterrada entre sus pechos, besándoselos, reclamándole la boca...

Jamás pensó que llegaría el día en que necesitaría

una ducha fría, pero ése era el efecto que surtía en ella. Una mirada, un contacto fugaz y se derretía como una vela bajo una llama.

Tal como Rafael había predicho, y le habría sorprendido lo contrario, les asignaron dormitorios separados, con un vestíbulo y un largo pasillo entre ellos. María era como sus padres, sólo permitiría que en la casa de ella compartieran una cama cuando estuvieran casados.

Pero en la nube en la que se hallaba Cristina eso carecía de importancia. Disponía del resto de su vida para disfrutar de llegar a conocer al hombre con el que iba a casarse. Un par de noches bajo el mismo techo pero en camas separadas no iba a ser demasiado agobiante.

También anhelaba llegar a conocer un poco mejor a la madre de Rafael. Y le complacía que fueran a cenar en casa.

—Por supuesto —confesó mientras llena de culpa se servía una segunda porción de la excepcional lasaña casera de María—, no debería estar consintiéndome esto —suspiró—. Demasiado queso. Muy malo para la figura —y además había tiramisú de postre. Y había bebido tres copas de un vino seco, frío y delicioso. La conversación había fluido, con Rafael más ingenioso y encantador que nunca y María contando anécdotas de su juvenil pasado, en algunas de las cuales habían participado sus padres. Todo era tan agradable que tuvo ganas de pellizcarse para asegurarse de que era cierto.

—Tonterías —María rió—. Tienes una figura de verdad —movió un dedo en señal de advertencia—. A los hombres no les gustan las mujeres flacas como insectos —sonrió—. ¡A un hombre de verdad le gusta una mujer con curvas!

Rafael reía al salir del comedor cargado de platos y María se volvió hacia Cristina para decirle con cariño:

—No soy capaz de manifestarte lo feliz que me siento de que un hijo mío al fin me hiciera caso.

—¿En qué?

María cubrió la mano de Cristina con la suya y le dio un apretón afectuoso.

—Acerca de sentar la cabeza. Le dije que iba a convertirse en un viejo triste y solitario si no encontraba una esposa adecuada, ¡y por una vez prestó atención! Y he de decir —añadió con voz satisfecha— que ni yo misma habría podido elegir una nuera mejor. No, querida... —se puso de pie y bostezó— voy a dejaros... el postre está en la nevera... una anciana como yo...

Cristina oyó la voz de María como un susurro de fondo apenas audible por encima del rugido en sus oídos.

Cinco minutos antes había oído a Rafael ocupado en tareas domésticas en la cocina y se había sentido completa y absolutamente feliz. En ese momento quería cerrar la puerta del comedor y aislarse de él hasta poder asimilar lo que María había dicho... esas palabras casuales acerca de encontrar una *esposa adecuada*.

Recordó la sensación surrealista que había tenido al pensar en que un hombre tan solicitado como Rafael alguna vez pudiera sentirse atraído por ella. La había hecho sentirse sexy, pero con franqueza, cuando se miraba en el espejo no veía a la clase de mujer que habría asociado con él.

Y en ese momento, en la quietud del comedor, sintió el aguijón de las lágrimas en el fondo de los ojos. Y quiso esconderse debajo de la mesa hasta poder escabullirse de la casa, de vuelta a la seguridad de su propio apartamento, donde lograría ponerle cierto orden a sus pensamientos caóticos.

Ni una sola vez Rafael le había dicho que la amaba, pero como una tonta, ella no había dejado que eso se interpusiera en el camino de que la quería, de que debía amarla, ya que, de lo contrario, ¿por qué le habría pedido que se casara con él?

Proyectó la mente febril de vuelta a la proposición. En aquel momento se había reído de sí misma por esperar algo romántico, y simplemente había aceptado que él no era de ésos que se ponen de rodillas y le deslizan el anillo en el dedo, ni de los que se muestran encantados por la fortuna de tenerla por esposa.

Oyó el sonido de sus pisadas al acercarse y alzó la vista en silencio helado. Llevaba un trapo de cocina sobre el hombro, la viva imagen de un hombre hogareño. Pero como había aprendido, las apariencias podían resultar engañosas. Rafael no era más hogareño que un animal de la selva.

Se detuvo en el umbral del comedor y captó algo sobre lo que no estuvo seguro. Frunció el ceño y lentamente se puso a recoger el resto de la mesa, esperando que ella le echara una mano. Por lo general era Cristina quien se ocupaba de esas cosas. No lo hizo. De hecho, permaneció donde estaba, con la vista clavada en los restos de la comida.

–¿Qué sucede? –preguntó él.

Dio la vuelta para quedar detrás de ella y luego se inclinó y le besó en un lado del cuello. Su madre se había ido a acostar y la idea de tener la casa para ellos lo estimulaba. Estar en la casa de su madre y saber que había hecho lo único en el mundo que podía garantizar que fuera feliz, resultaba tan reconfortante como había imaginado. Su madre aprobaba plenamente a Cristina y él había conseguido desterrar para siempre esas conversaciones tan irritantes acerca de su futuro.

–Estamos los dos solos –murmuró con tono seductor en su oído, pero así como antes se habría retorcido de placer, en ese instante se apartó y lo miró.

–No... no me siento cómoda con tu madre en la casa...

–¿Y ahora quién se comporta como un dinosaurio? –la provocó–. Mi madre se ha retirado temprano por un motivo. Puede que no acepte abiertamente que nos acostemos juntos, pero no es tonta –no obstante, volvió a experimentar esa inquietud.

Cristina necesitó toda su fuerza de voluntad para no sucumbir al enorme encanto que irradiaba Rafael. O a su propio cuerpo, que actuaba por cuenta propia y soslayaba lo que su cabeza le decía que tenía que hacer. Se puso de pie y dio un paso a un lado para apartarse del abrazo de él, luego, sin mirarlo, comenzó a recoger el resto de los platos.

Él la siguió a la cocina.

–Yo terminaré de llenar el lavavajillas –musitó Cristina–. Puedes irte a la cama. Debes de estar exhausto después de tanto conducir.

–Me gusta cuando me miras al hablarme –indicó Rafael–. ¿O te encuentras en uno de esos misteriosos estados de ánimo a los que tan propensas son las mujeres?

Cristina sintió una inusual oleada de furia y apretó los dientes para suprimir el horrible deseo de gritarle.

–Tú debes de conocerlos muy bien –susurró con vehemencia y lo sintió detrás de ella.

–¿Y eso qué significa? –apoyó las manos en sus hombros y le dio la vuelta para obligarla a mirarlo, aunque ella se empeñó en mantener la vista clavada en el suelo.

Cristina respiró hondo y fue al grano. ¿Qué elección le quedaba? Podía seguir emitiendo misteriosos y amargos comentarios, pero la verdad era que tarde o temprano debería enfrentarse al tema, y quizá había malinterpretado a María...

—Tu madre y yo charlamos mientras tú estabas en la cocina.

—¿Oh, sí?

—Es que ella dijo... Bueno, mencionó algo de lo que necesito hablarte.

—Se me ocurren mejores cosas sobre las que hablar.

—Sé que probablemente mi imaginación se haya desbocado...

Rafael se resignó a mantener una de esas conversaciones en las que sabía que sólo el diez por ciento de su mente participaría de forma activa. Probablemente sería sobre los preparativos de la boda o algo igual de tedioso.

—De acuerdo. ¿Quieres un poco del postre que hay en la nevera?

Cristina pensó en la descripción que María había hecho de ella, de intención cariñosa pero inadvertidamente cortante. «Una mujer de verdad». En ese momento, encantada se habría quedado en el rango de Barbie, porque a pesar de lo afirmado por María, los hombres se sentían atraídos por *mujeres de verdad*. ¿Cómo había podido ser tan ciega para imaginar que Rafael se sentía atraído en serio por ella? En ese momento era una novedad, y sin duda aprovechaba al máximo el tener que acostarse con la mujer que, más o menos, le habían preparado para desposar. Pensar en ello la mareó y le aflojó las rodillas.

—No, gracias.

—Ahora sí que estoy preocupado.

–Esto es serio, Rafael –espetó con más vehemencia de la que jamás empleaba y él la miró ceñudo.

Pudo ver que intentaba descifrar qué sucedía y tardíamente comprendió lo predecible que había sido... siempre encantada de verlo, siempre lista para hacer el amor, siempre alegre porque ése era su temperamento. Él la había llamado y como alguien sumido en un trance, ella había ido, sin formular nunca las preguntas que en ese instante sabía que debería haber hecho.

–¿Podemos ir al salón? –le comentó.

–Como desees.

Cristina asintió y abrió el camino.

Con los cimientos de su cuento de hadas evaporándose como una vaharada de humo, empezaba a poner en su sitio las piezas de ese rompecabezas que alegremente había soslayado. Con amargura pensó que había sido raro que apenas tres meses después de conocerla le hubiera propuesto matrimonio... él, un hombre acostumbrado al carril veloz de la vida de soltero, rodeado, buscado y deseado por las mujeres más hermosas del mundo. Y en una simple cuestión de segundos, por decirlo de una manera, se despedía de todo eso por que había aparecido *ella*, regordeta, patosa y en absoluto despampanante.

–¿Decías?

Ensimismada, casi había olvidado lo que decía. Centró los ojos en el hombre sentado junto a ella en el sofá y parpadeó.

–Decía que tu madre... María mencionó algo que necesito que me aclares.

–Ve al grano, Cristina.

¿Se mostraba comprensiblemente impaciente o eran los signos de arrogancia que convenientemente ella había elegido pasar por alto, pero que habían estado ahí en todo momento?

–Dijo que se sentía realmente feliz... de que al fin hubieras decidido sentar la cabeza...

–Y lo está. ¿Vamos a ir alguna parte con esta conversación o seguiremos dando vueltas en el mismo sitio?

–Dijo que había hablado contigo... que te indicó que ya era hora de que encontraras una *esposa apropiada* –la amargura se manifestó en su voz y la cara de Rafael se tornó sombría–. Necesito averiguar de qué va todo esto, Rafael –persistió–. Encontrar una esposa adecuada. ¿Todo se reduce a eso? –las palabras salieron arrancadas directamente de su corazón.

–Empiezas a sonar histérica, Cristina, y eso no me gusta.

–No estoy histérica. Sólo te pido que me digas la verdad, si te dieron esta idea.

–No creo que me guste esa expresión –repuso él con la cara tensa.

–Bueno, se me ocurre usar otra. Tu madre comentó que te dijo que ya era hora de que encontraras una esposa apropiada y de pronto aparezco yo.

–Pareces tener un problema con esos términos y no entiendo por qué –el fin de semana relajado que había esperado parecía condenado a desvanecerse y no sabía explicar la causa. Cristina, tan complaciente en los últimos meses, en ese momento le hacía preguntas que él encontraba innecesarias, y con obstinación. ¿Por qué? ¡Debería haberse sentido complacida de que la encontrara una esposa apropiada! Ya había tenido una esposa completamente inapropiada. ¿Qué mayor cumplido que ser elegida por su idoneidad?

La esperanza de ella de haber malinterpretado las palabras de María se hizo añicos.

–Sí, mi madre sugirió que ya era hora de que sentara la cabeza y yo estuve de acuerdo con ella –se encogió de hombros con elegancia–. ¿Dónde está el problema en eso? Llega un momento en la vida de cada hombre en el que debe sopesar las ventajas de una vida de soltero con la paz del matrimonio.

Cristina tuvo la imagen de una balanza con «Diversión y Jolgorio» por un lado y ella misma, «Paz Gigante», en el otro. El amor no se veía por ninguna parte, y sin amor, ¿cuánto tiempo pasaría antes de que la «Paz Gigante» perdiera su atractivo? Volvería entonces él a la diversión y el jolgorio, con el plus añadido de tener la paz en casa, criando a los niños, haciéndole la comida y esperando que regresara?

–En otras palabras, ¿será algo parecido a una transacción de negocios?

–¿Por qué insistes en emplear un lenguaje tan emotivo? –inquirió él con impaciencia.

Cristina giró la cara, ya que el aguijón de las lágrimas hizo que parpadeara con rapidez, deseando no llorar porque estaba convencida de que él no toleraba las lágrimas con la histeria.

–No va a funcionar –se quitó el anillo de compromiso del dedo, giró hacia Rafael y en silencio alargó la mano con el anillo en la palma–. Además, el diamante era demasiado grande. ¿Cómo podría entrenar al fútbol o trabajar con mis flores con él puesto? –se obligó a sonreír ante la expresión pétrea de él–. Debería haberlo visto como una señal. Ni siquiera pudimos ponernos de acuerdo con el anillo.

Capítulo 7

LA NOCHE y el día siguiente fueron una pesadilla de sufrimiento y tensión. Le había devuelto el anillo, pero Rafael se había negado a aceptarlo. La había mirado con expresión prolongada y fría, diciéndole que considerara las implicaciones de no llevarlo. Las explicaciones a su madre, que como mínimo serían incómodas. ¿Qué iba a decirle... que habían tenido una pelea seria y cancelado la boda? Le había asegurado que su madre sonreiría con indulgencia y probablemente lo achacaría a los nervios anteriores a la boda. ¿O preferiría contarle la verdad, decirle... qué? ¿Que se consideraba en el extremo equivocado de un trato que en ese momento había decidido que no le interesaba... un trato para casarse con uno de los hombres más deseados del mundo?

–Lleva el anillo –le había dicho–. Podremos discutir esto más tarde.

Cobarde como era, enfrentada con el escenario que le había reflejado él, en silencio se lo había vuelto a poner, pero había parecido alambre de espino sobre su piel.

Había sonreído y el día siguiente transcurrió lentamente, cada minuto como una vida entera, hasta que al final, a las cuatro de la tarde, se habían encontrado en la puerta con las maletas a los pies, listos para enfrentarse al largo regreso a Londres.

Abrazó a María con sincera calidez y de pronto se le presentó una idea pequeña pero prometedora. Ahí estaba, estúpidamente enamorada de un hombre que no sentía nada por ella salvo una atracción temporal y que la veía como a una pareja apropiada. Sobre el papel, era idónea... la educación adecuada, los contactos adecuados, incluso el bono añadido de una historia entre las familias. Se casaría con ella porque, como cualquier inversión sensata, soportaría la prueba del tiempo. No lo había frenado su reacción al descubrir que era un artículo útil. Bueno, podía tener contactos, pero no era una modelo ni poseía la delicadeza de alguien cuya vida había sido relativamente consentida. Probablemente, había imaginado que su gratitud la llevaría hasta el altar y más allá, sin importar las razones que tuviera para casarse con ella.

Era un compromiso del que tendría que librarse con toda la sutileza que pudiera, porque reconocer ante alguien que iba a casarse con un hombre que la veía como una *inversión* sensata... Antes habría preferido cavar su propia fosa y saltar a ella. La humillación habría sido insoportable. Francamente, resultaba horrible pensar en ello y su única solución radicaba en liberarse con la máxima dignidad posible.

Le sonrió a María y retrocedió, apoyando las manos ligeramente en los brazos de la mujer mayor. Por el rabillo del ojo, pudo ver el brillo burlón del condenado diamante y suspiró.

–No puedo expresarte lo maravilloso que ha sido venir aquí –dejó que sus ojos vagaran por el paisaje maravilloso–. Londres posee todo lo que puede ofrecerte una gran urbe, pero mi corazón pertenece al campo –añadió con un toque de melancolía, preguntándose de dónde había sacado esa habilidad para actuar.

–Puedo verlo –comentó María con ironía.

–Oh, ¿quieres decir que lo has notado? No habré sido tan obvia, ¿verdad? –miró a Rafael, de pie a un lado y apartó rápidamente la vista ante sus cejas enarcadas–. Rafael y yo hemos hablado tantas veces... del hecho de que no soporto la idea de vivir en Londres el resto de mi vida...

–Eres muy joven, querida.

Cuando la casa desapareció de la vista, Rafael comentó:

–Ha sido una actuación moderadamente convincente.

–Aquí tienes el anillo. No tolero la idea de llevarlo en el dedo –se lo quitó y lo dejó en el hueco de madera de caoba de la palanca de cambios.

A pesar de lo caro que era, en vez de guardarlo, Rafael apenas le echó un vistazo. Cristina pensó que tal vez había cometido un error crucial al elegirla a ella. Había dado por sentado que su situación privilegiada funcionaría a favor de él.

Sin nadie más cerca, sintió que su dolor y su furia volvían a emerger.

–Estás cometiendo un error –indicó Rafael, sin apartar la vista del camino.

Cristina había decidido mantener un silencio digno durante toda la duración del viaje... después de todo, ya había dicho lo que necesitaba manifestar. Pero bajo ningún concepto iba a permitir que ese comentario no recibiera réplica. Se volvió hacia él y con determinación dominó el sentimiento que la embargó al contemplar esa belleza masculina. Lo último que necesitaba era que la traicionara su propio cuerpo.

–Habría cometido el mayor error de mi vida si me hubiera casado contigo –repuso con amargura.

–¿De dónde sacas eso?

–Yo... –respiró hondo y parpadeó con rapidez para despejar la capa acuosa de sus ojos–. Creía que teníamos algo especial...

–Hay pañuelos de papel en la guantera.

–¡Cómo puedes ser tan... tan frío! –chilló, aturdida por esa nueva capacidad de ira. ¿Adónde se había ido la persona siempre plácida y que jamás, jamás, gritaba?

–No me muestro frío –explicó él con paciencia exagerada–. Sólo intento relajar la tensión. Gritarnos no nos llevará a ninguna parte.

–Oh, lo siento. Olvidaba que odias la histeria.

–No –sin advertencia previa, aparcó en el arcén del camino comarcal del que aún no habían salido.

Cristina se apartó en su asiento, alarmada cuando apagó el motor, se soltó el cinturón de seguridad y giró hasta quedar de cara a ella.

–¿Qué haces? –preguntó con voz trémula.

–Mantener una conversación.

–Podemos hablar mientras conduces –desvió la vista y se mordió el labio inferior.

–Podríamos –convino Rafael con suavidad–. Pero prefiero verte la cara cuando me llamas monstruo.

–No te estaba llamando monstruo.

–¿No? Me acusas de querer casarme contigo porque serías una buena esposa... ¿dónde está el insulto en eso?

–No puedo casarme con alguien por esos motivos –aseveró sin mirarlo. La visión del campo y de los árboles resultaba menos amenazadora.

–Quieres que te diga que te amo –soltó Rafael–. No puedo –indicó sin rodeos. Era su turno de sentirse indignado porque ella hubiera visto su generosa oferta como una bofetada–. Ya he ido por ese camino. Te lo he contado. Y he visto con mis propios ojos lo que hay al final. Por lo tanto, no, el amor no entra en la ecuación.

–Pero... –se aferró a esos pocos y maravillosos recuerdos de cuando hicieron el amor como una persona que se agarra a un cabo salvavidas.

–Sí, hicimos el amor.

–¿Eso fue otra parte del acuerdo?

–No seas ridícula.

–*¡No estoy siendo ridícula!* –volvió a gritar para su propia sorpresa.

–Nunca imaginé que fueras capaz de gritar.

–¡Ni yo! –respiró hondo varias veces para calmarse–. Hicimos el amor...

–Y estuvo bien –su propia voz bajó un poco al recordar las sesiones interminables entre las sábanas. Se preguntó por qué diablos lo estaba haciendo tan difícil y pensó en tocarla, pero llegó a la conclusión de que probablemente le apartaría la mano, puesto que empezaba a descubrir que no era tan dócil y mansa como había imaginado–. Escúchame un minuto, Cristina, y piensa en lo que digo. Nos llevamos bien... tanto dentro como fuera de la cama.

–Y entonces casarte conmigo tendría sentido –sintió que los celos la carcomían al pensar en aquella otra mujer, ésa a la que él le había dado su amor, y que le había quitado todo lo que pudiera llegar a darle a los demás. Le había robado los sueños, dejándolo con una hoja de cálculo sobre la que poder trazar su futuro como cifras en una columna de pérdidas y beneficios–. Rafael, el futuro no es una especie de acuerdo empresarial que pueda plasmarse en un trozo de papel. Yo no le alquilaré mi vida a alguien porque parezca ser lógico.

Prefiero arriesgarme y esperar a alguien que pueda ser capaz de dármelo todo.

Durante unos segundos perturbadores, él pensó si sus planes tan bien trazados corrían peligro de venirse abajo. Después de haber llegado tan lejos en los hábitos de una vida y aceptar la verdad ineludible de que debía asentarse, comenzó a titubear ante la absurda idea de que realmente ella pudiera estar hablando en serio. Sí, le había devuelto el anillo, pero las mujeres eran famosas por los exabruptos emocionales que luego lamentaban.

—No existe eso de *todo* —gruñó, consciente de que posiblemente no fuera el enfoque adecuado ante semejante situación.

—Puede que no para ti —espetó ella—. O tal vez tú lo probaste y no funcionó... ¡pero eso no significa que yo esté preparada para abandonar mi propio sueño por la única prueba de que el tuyo fracasó!

—Hace cuarenta y ocho horas te sentías bastante contenta de ser mi esposa —le recordó—. Me cuesta entender qué es lo que esencialmente ha cambiado. Soy el mismo hombre. ¡Mírame! —ordenó—. ¿Es que de repente me he convertido en otro? ¿Me he transformado en un ogro? No.

Cristina sabía lo persuasivo que podía ser si se lo proponía. En una ocasión le había revelado con un toque de satisfacción que quisiera lo que quisiera, lo conseguía. Así de simple. Y, desde luego, cuando la miraba de esa manera, como queriendo transmitirle su sabiduría superior, casi podía creer que tenía razón, que el amor era una palabra carente de sentido. Casi.

—No lo entiendes —musitó.

—Entonces, explícamelo —el silencio se extendió hasta que él chasqueó la lengua con impaciencia—. De acuerdo, uno. ¿Lo pasamos bien cuando estamos juntos?

–Supongo.

–*¿Supones?*

–De acuerdo, sí. Rafael, no puedes sumar ese tipo de cosas...

–No. Ahora te toca a ti escuchar. Dos. ¿Te excito o no?

–Eso es injusto. Sabes que sí.

–Lo sé –esbozó una sonrisa de satisfacción sensual cuando su mente se demoró en la seductora imagen de ella retorciéndose bajo la exploración de sus manos–. Tres. ¿Me cercioraré o no de que todas tus necesidades materiales se vean satisfechas?

–Preguntas lo obvio.

–De eso trata la vida. De lo obvio. En cuanto empezamos a tener problemas, nos vemos atrapados en arenas movedizas. ¿Te cuento algo muy obvio?

Pensó que no, porque cualquier cosa que le dijera sería tan obvia como a él le gustaría fingir, y más cuando intentaba aparecer tan puro como la nieve. Sabía que verbalmente podía marearla y que esas arenas movedizas que había mencionado... De hecho, sentía que se ahogaba en ellas.

–¿Qué? –se oyó decir.

–Hay un sitio en el que no hemos hecho el amor.

De pronto la atmósfera se cargó. De estar a la defensiva, pudo sentir cómo sus sentidos tiraban de ella. Los ojos de él le provocaron escalofríos.

–No... no puedes distraerme con... por...

–¿Con... por...? –la imitó, divertido, otra vez con el control–. Cualquiera diría que te he hecho caer en picado.

Alargó la mano y le soltó el cinturón de seguridad,

lo apartó y con el brazo le rozó un pecho, haciendo que jadeara.

–Y ahora dime que es una mala idea –se inclinó hacia ella y le aplastó la boca bajo la suya.

Entonces, la mente de Cristina se vació de todo pensamiento a medida que se desataba la pasión abrasadora. Unas manos que ansiaban apartarlo le rodearon el cuello. No tenía suficiente de esos besos.

Había pasado media noche reprendiéndose por la tontería que había cometido al relacionarse con él. No había dejado de sermonearse acerca de la importancia del amor y de la santidad del matrimonio. Había sido la portadora de la verdad y la luz, a la vanguardia, mostrando el camino.

En ningún punto de sus elucubraciones él se había atrevido a tocarla. ¿Era ésa la razón de que en ese instante le permitiera acercarla y acomodarla sobre su regazo, donde pudo sentir la palpitante erección a través de la fina tela del vestido veraniego?

No habría podido elegir un estilo más apropiado para hacer el amor en un espacio reducido.

–No quiero esto.

Rafael le sostuvo el rostro con ambas manos y la miró seriamente, porque forzar a una mujer que decía que no, aunque el cuerpo estuviera diciendo «sí», no formaba parte de su estilo.

–¿Lo dices de verdad? –preguntó con voz ronca.

Cristina sintió que se ahogaba en sus ojos.

–Sí. No, no sé...

–¿Cómo puedo hacer que cambies de parecer? –preguntó en voz baja, deslizando la mano por el bajo del vestido que se le había subido hasta la mitad de los muslos.

Jugó de forma provocativa con el borde elástico de

su ropa interior, pasándole el dedo por el estómago en un movimiento repetitivo que la volvía loca.

–No puedo pensar cuando haces cosas así –oyó la débil desesperación en su voz, porque aún le funcionaba una parte pequeña del cerebro que le decía que parara de inmediato esa locura.

–Bien –animó Rafael con suavidad. El dedo bajó un poco más hasta sentir el vello púbico sedoso y justo la punta del pliegue que lo tentaba con la promesa de miel endulzada–. Pensar puede ser una virtud sobrevalorada –murmuró. Bajó más el dedo y gimió cuando Cristina se retorció contra él.

–Esto es una locura –¿lo era? Se sentía confusa y horrorizada por su incapacidad de resistirse... pero detrás de esas emociones anidaba el pensamiento de que tal vez era eso lo que necesitaba para la ruptura final. Necesitaba hacer el amor con Rafael una última vez. No podía continuar con su vida obsesionada por el recuerdo del contacto de él. Sería codiciosa y tomaría eso en ese momento–. Quiero decir –se curvó contra él–. ¿Y si alguien pasa por este camino y nos ve?

Rafael suspiró aliviado. No estaba seguro de lo que habría hecho si lo hubiera rechazado. Tenía el cuerpo encendido, como parecía ser siempre que ella se encontraba cerca.

–Nadie pasa por estos caminos –afirmó con voz ronca, introduciendo aún más los dedos en su interior. Pudo sentir su humedad contra la piel, algo que lo excitaba increíblemente. Igual que el conocimiento de que Cristina no podía resistirse a él ni negar las exigencias que le planteaba el propio cuerpo.

Uno a uno comenzó a desabrocharle los diminutos botones, disfrutando de la visión de esa piel blanca a medida que quedaba expuesta a sus ojos voraces.

El sujetador de encaje era una barrera tenue para sus pechos, cuyos pezones rosados se dibujaban a través de la tela transparente y le hacían la boca agua.

El Bentley, que era muy cómodo para viajar, en ese momento demostró la ventaja no publicitada de ser fantásticamente espacioso para situaciones de ese estilo. Se dijo que siempre que fueran por el campo se olvidaría del Ferrari.

El vestido le quedó abierto hasta la cintura, pero en vez de bajárselo, llevó las manos a su espalda y con destreza le soltó el sujetador, subiéndoselo para que los senos pesados se liberaran.

Suspiró y se adelantó para poder perderse en ella.

Cristina observó descender esa cabeza oscura y cerró los ojos, arqueándose para poder presentarle mejor sus pechos. Y él los adoró, de eso no quedó ninguna duda.

Mientras se los succionaba, sintió ese fuego ya familiar recorrerle el cuerpo mientras él encendía los impulsos lujuriosos que había descubierto y hecho suyos.

Lo agarró por el pelo y volvió a cerrar los ojos, suspirando con una mezcla de pesar y placer mientras Rafael continuaba dándose un festín con sus pechos, dejándolo cuando ya no pudo contenerse más.

–Esto es lo que me haces –murmuró con voz ronca, sacudido por la capacidad que tenía siempre de arrebatarle el control que ejercía sobre sí mismo.

Cristina se levantó un poco y él se bajó la cremallera de los pantalones. También ella se encontraba en el punto de no retorno. Observar la atención que le dedicaba era tan erótico como el contacto físico real. Para un hombre que podía ser arrogante, seguro de sí mismo y a veces simplemente exasperante en su necesidad de controlar su entorno, resultaba vulnerable en su deseo.

Llevada en alas de pasión poderosa y narcótica, no pudo imaginarse haciendo eso con otro hombre. Había muchas cosas que no podía imaginar haciendo con otro, pero cerró su mente a todo eso. Y a medida que los cuerpos se unían y sentía que la penetraba, sucumbió a esas alturas de placer que la tuvieron jadeando, gimiendo y temblando.

Pasado el clímax, regresaron y se miraron a los ojos, los de Rafael pesados por la satisfacción, los de Cristina, si no pesarosos, sí con tristeza.

Se separó de él y se arregló como pudo en lo límites del coche. Se bajó el sujetador, soslayando la petición de Rafael de que se lo quitara y lo metiera en la guantera.

—Quiero decir —comentó él pensativo— que aún nos queda una buena distancia por recorrer. ¿Y si decidimos que necesitamos tomar otro descanso?

—No lo haremos —terminó de abrocharse los botones perlados. Cuando regresara a su apartamento, mandaría el vestido a la lavandería y lo guardaría fuera de su vista, pero en un sitio accesible para que cuando quisiera, pudiera sacarlo y recordar.

Exageró un poco un bostezo y apoyó la cabeza contra la ventanilla.

Rafael estuvo encantado de dejarla dormir. De hecho, en ese momento estaba más que contento de dejarla hacer lo que quisiera. Ese tonto desacuerdo se había solucionado de la manera más eficaz posible. Al arrancar, pensó que ella se había olvidado de ponerse el anillo, pero lo haría una vez en Londres.

El coche devoró los kilómetros y sólo cuando aminoró la velocidad para adaptarse al tráfico más lento de la ciudad en domingo, Cristina abrió los ojos, sorprendida de haber podido llegar a quedarse dormida de verdad.

Debía de haber estado más cansada de lo que había imaginado, porque en un principio había sido un ardid para evitar hablar con Rafael. No lamentaba haber hecho el amor una última vez, pero sabía que la siguiente conversación que iba a tener con él no sería tan confortable.

–Estás despierta –comentó él.

La sorprendió, porque ni siquiera había sido consciente de que la miraba. Le dedicó una sonrisa de pura sensualidad que bastaría para que una mujer volviera a tiempos victorianos y se desmayara.

–¿Cuánto falta para llegar a mi casa? –fue su respuesta.

Rafael frunció el ceño, desconcertado por la frialdad en su voz. Pero de inmediato lo achacó a que acababa de despertar.

–Media hora como mucho –repuso–. Pero, ¿por qué no vuelves a mi casa? Podemos continuar donde lo dejamos antes... –ese simple pensamiento bastaba para provocarle una sonrisa.

Viendo esa sonrisa, Cristina experimentó una cierta desesperación. Tuvo que recordarse que hacía lo correcto. Ni siquiera tenía que ver con que para ella el matrimonio fuera mucho más que una conclusión *sensata*. También estaba esa molesta sospecha de que si no la amaba, si *jamás* podría llegar a amarla, entonces, ¿qué pasaría cuando el deseo disminuyera? ¿Lamentaría él su decisión? Peor, ¿buscaría satisfacción en otra parte? ¿Justificaría la infidelidad diciéndose a sí mismo que nunca le había prometido amor, que su acuerdo había sido cuidar de ella y de los hijos que ya había mencionado que quería y nada más? Siempre se aseguraba de que ninguna mujer con la que salía recibiera el mensaje erróneo.

–No creo que sea una muy buena idea, Rafael –murmuró infeliz.

–No me digas que vas a volver a lo mismo –dijo con voz tensa. Aceleró y se metió por una calle lateral para esquivar el denso tráfico–. ¡Creía que lo habíamos solucionado todo!

–¿Quieres decir que lo creíste porque tuvimos sexo en el coche?

–No seas grosera.

–No lo soy. Soy sincera.

Por segunda vez, Rafael sintió que estaba en una cinta de correr, yendo deprisa pero sin llegar a ninguna parte. Sin embargo, en esa ocasión no pensaba discutir el resultado. Había un límite a lo que un hombre razonable podía aceptar. Ya había expuesto su caso y no pensaba repetírselo. Se dijo que sin importar lo idónea que fuera como esposa, había muchos más peces en el mar. Desde luego, su madre se sentiría decepcionada. Cristina le había caído bien en el acto, pero su madre no iba a ser la otra mitad de la pareja.

También se dijo que era inútil acoplar su vida a una mujer que quería declaraciones de amor. No pasaría mucho hasta que comenzaran las exigencias, las quejas de que no se mostraba tan atento, la petulancia y los mohines. Pensó en su ex mujer. Cristina no se dedicaría a despilfarrar el dinero en caprichos caros, pero, ¿quién sabía si podía llegar la infidelidad?

–Bien –se encogió de hombros. La casa de ella apareció a la vista y se detuvo justo delante.

–¿Bien?

–Escucha, te expuse los parámetros de todo este acuerdo. Si no puedes aceptarlos, muy bien. Y tú tienes razón. Si quieres arriesgar tu futuro con un hombre que pueda prometerte todo lo que quieras, siéntete libre de buscar ese sueño. Como has señalado, no tiene sentido verte contaminada por mi enfoque hacia el matrimonio –sombríamente, se preguntó qué clase de hombre tenía en mente para satisfacer sus fantasías. ¿Algún tipo que la ayudara a arreglar las flores en su tienda y le prometiera finales felices que nunca se materializarían?–. No obstante... –la estudió– va a ser complicado encontrar a Don Perfecto cuando estás enamorada de mí, ¿verdad?

Cristina sintió que todo el cuerpo comenzaba a arderle cuando esos ojos asombrosos la atravesaron, burlándose de sentimientos que ella atesoraba. Era más que cínico.

Había evitado mencionar la palabra «amor», ¡pero era evidente que él terminaría por descubrir lo que sentía!

Se preguntó si lo habría excitado conocer el poder que tenía sobre ella. ¿No había leído en alguna parte que a veces funcionaba de esa manera? Tarde, deseó no haber cambiado la experiencia por artículos leídos en revistas.

–No –mantuvo la cabeza bien alta–. ¿Por qué debería? –buena pregunta... y él parecía interesado en oír su respuesta. ¡Tuvo ganas de pegarle! De hecho, con tal de borrarle esa sonrisa de la cara, habría podido recurrir a la violencia física y darle con el bolso en la cara.

Buscó una contestación cortante, algo difícil para ella, ya que no solía ser así. Al final, terminó por decir:

–Me enamoré de un hombre que es incapaz de amarme. La próxima vez, elegiré con cuidado. Buscaré a quien quiera ponerme primero a mí, no a alguien que cree que el matrimonio es una especie de ecuación matemática que se puede solucionar sobre un papel; a alguien a quien no asuste el compromiso emocional, a...

–Capto el mensaje –cortó él–. ¿Y dónde crees que va a residir ese dechado de santidad... aparte de en tu propia imaginación, desde luego?

Le costaba creer que fuera el mismo hombre que le había quitado el aliento.

–De verdad siento pena por ti, Rafael –expuso con sentida sinceridad. Abrió la puerta del coche, lista para ir a refugiarse a la serenidad de su pequeño apartamento.

–¿Y eso se debe a...? –se preguntó por qué diablos sentía que perdía la batalla a pesar de estar ganando la guerra.

–¿Qué sueños te quedan si no sueñas con el amor y la felicidad? Es lo único que ni todo el dinero del mundo puede comprar.

Capítulo 8

SEIS semanas más tarde Rafael aún fruncía el ceño al pensar en aquella frase de despedida.

Por suerte para él, había desterrado todo ese asunto de la pena con lo que le gustaba creer que era la facilidad nacida de la experiencia. De hecho, mientras se deleitaba con la rubia sexy sentada frente a él, no pudo evitar sonreír y preguntarse si Cristina estaba disfrutando de una situación igual de jubilosa o si se encontraba, como le gustaba pensar, acurrucada en el sofá con una taza caliente de chocolate con la única compañía de su elevada moral.

–¿Quieres compartir la gracia?

Abandonó su feliz cadena de pensamientos y se centró en Cindy. Alta y esbelta, cabello largo, labios carnosos, la viva imagen de la mujer estadounidense y como la publicidad pintaba a las ejecutivas. Trabajaba para una empresa pequeña pero en expansión de telefonía móvil que comenzaba a crecer internacionalmente, a la que había conocido en uno de los tantos acontecimientos sociales a los que había asistido en las últimas semanas. Al principio, todos le habían parecido un aburrimiento, pero se había obligado a asistir porque en lo que a él se refería, se había vuelto perezoso en compañía de Cristina. Se había contentado con hacer poco y con sentarse ante el televisor para satisfacer la pasión de ella por algunos programas cómicos. Pensar en ello le causaba escalofríos.

–Siempre sonrío cuando me encuentro sentado frente a una mujer hermosa –comentó con suavidad–. No has comido tu pescado. ¿No está bueno?

–Una chica tiene que... –se palmeó el estómago inexistente y sonrió con arrepentimiento–. Ya sabes, cuidar su ingestión de calorías, en especial en mi trabajo.

Rafael gruñó algo. Corría el peligro de perder el interés, a pesar de que Cindy era muy vivaz y muy, muy sexy.

–Estoy pensando en celebrar una fiesta el próximo fin de semana –cambió de tema–. Idea de mi secretaria. Van a venir unos importantes clientes japoneses y me sugirió que hiciera algo informal en mi casa. Irán personas bastante influyentes –se inclinó a través de la mesa y tomó una de esas manos de dedos largos y elegantes–. ¿Quieres venir? –llevaba quince días saliendo con Cindy y aún no la había invitado a su casa. Tampoco se había acostado con ella, pero su agenda había sido frenética y la realidad era que ésa era la segunda vez que estaban juntos.

Los ojos de ella se iluminaron y de alguna parte produjo una sonrisa de mil vatios.

–¡Me encantará! –chilló–. ¿Qué me pondré, mmm...? A él le resultó una reacción predecible.

Cindy se perdió en la placentera contemplación de lo que iba a llevar, dejándole tiempo para cavilar en otra idea. De hecho, una idea fantástica.

Pensó en Cristina y en su taza de chocolate caliente.

Su madre se había mostrado conmocionada y decepcionada con la ruptura de su relación. De hecho, por motivos que se le escapaban, había llegado a la conclusión de que todo había sido por su culpa... un malentendido que él no se había apresurado a corregir, porque una complicada historia de Cristina y de sus tonterías infantiles acerca del amor eterno habría turbado a María. Peor aun, habría incitado sermones interminables sobre el tema de su cinismo, rasgo que a su madre jamás le había resultado muy cautivador.

Sabía que aprobaría que hiciera lo correcto e invitara a su ex a la fiesta. Él había continuado con su vida. ¿No sería generoso por su parte asegurarse de que Cristina no cayera en una depresión? No había tenido ninguna noticia de ella desde aquella noche que bajó de su coche, e intentar obtener información de su madre había sido lo mismo que darse la cabeza contra un muro.

Miró su reloj de pulsera y con pesar indicó que le llevaran la cuenta.

—Me temo que voy a tener que dejarte en tu casa esta noche –le informó sin preámbulo alguno–. A primera hora de la mañana tomaré un avión a Australia y tengo que revisar unos cuantos correos electrónicos antes de poder acostarme.

Era más o menos la verdad, pero si tenía que hacer caso a su libido, realmente estaba más cansado de lo que había pensado; ni siquiera el beso en los labios, que debería haber hecho que despidiera por esa noche a su chófer y la siguiera al apartamento que tenía en Battersea, logró avivarle un poco el pulso.

—Estaré en contacto –prometió, consciente de que ella quería mucho más de lo que él se hallaba con humor de ofrecer–. Pondré a mi secretaria a organizar toda la fiesta y te comunicaré los detalles –con el motor en marcha y su chófer esperando, volvió a darle un beso, en esa ocasión con una pizca más de pasión. Pero cuando iba a pegarlo contra ella para poder notar esos asombrosos pero artificiales pechos contra su torso, se retiró, soltándole con gentileza las manos de su cuello–. Cómprate en Harrods algo que ponerte para la recepción –indicó, vagamente consciente de que era una pobre compensación por dejarla sola un sábado por la noche, cuando era evidente que toda la velada había estado ofreciéndose como compañía para esa noche–. Diles que lo apunten en mi cuenta. Me aseguraré de que mi secretaria lo autorice.

Al menos eso la apaciguó. El rostro de Cindy, al borde de un mohín, exhibió una sonrisa radiante.

–¿Estás seguro?

Asintió y retrocedió un paso.

–Lo que te apetezca –le reiteró–. Quiero que estés... Bueno, digamos que no tendrás que esforzarte mucho para ello.

–Aun así lo disfrutaré, en especial cuando sé que tú estarás esperando ver lo que hay debajo de esa ropa sexy en cuanto se marche el último invitado...

Pasó un dedo tentador por la expuesta unión de sus pechos y le dedicó una sonrisa lenta y tímida. Rafael pudo imaginar que mil hombres se habrían derretido por el calor de esa sonrisa, pero su cabeza ya estaba pensando en los correos electrónicos que tenía que mandar y en una determinada llamada que realizaría en cuanto llegara a su piso.

Asintió, apreciándola con los ojos, pero aliviado de que su chófer le brindara la excusa de emprender la retirada. Cuando al fin entró en el dúplex y encendió la luz, su atención ya estaba en otra parte.

Se sirvió un vaso con agua mineral, miró el ordenador que lo esperaba en la encimera de la cocina, donde lo había dejado cargándose en su ausencia, y alzó el teléfono inalámbrico de la base.

Marcó de memoria el número de Cristina mientras se estiraba en el sofá del salón. Desde luego estaría en casa. Ni por un minuto contempló la posibilidad de que a las diez y media de un sábado por la noche pudiera estar disfrutando de la noche londinense.

Podía haberse mostrado lírica acerca de Don Perfecto, pero salir a buscarlo habría sido algo completamente diferente. No era una cazadora. Era completa y enloquecedoramente femenina y se habría quedado consternada ante el concepto de salir y mostrarse activa al respecto.

Para corroborárselo, a la tercera llamada le contestó una voz somnolienta.

–¿Te he despertado? –demandó, descartando toda norma de cortesía básica.

–¿Rafael?

–¿Y bien? ¿Estabas dormida?

El sonido de una voz ronca, aterciopelada y de una arrogancia suprema fue como si le arrojaran un cubo de agua helada.

Durante las últimas seis semanas se había afanado en quitárselo de la cabeza, y había logrado convencerse de que eso estaba funcionando. Entre el curso nocturno de paisajismo al que se había apuntado, la montaña de libros que ojeaba sobre el tema y la dirección de la floristería, había bastado para sobrevivir a esos momentos desagradables en que los recuerdos atacaban, como un monstruo salido de un armario con la intención de machacar sus buenas intenciones.

Por Anthea, también había tratado de poner una cara animada, descartando el compromiso roto como «una de esas cosas» que ocurren.

Sin embargo, había trazado la línea ante los intentos de su amiga de sacarla a la escena social.

Oír la voz de Rafael la catapultó al pasado. Sus pequeños logros se evaporaron y se sentó en la cama.

–¿Qué quieres? –preguntó con voz tensa y lo oyó suspirar en el otro extremo de la línea. No le había pedido que la llamara, quien no había oído una palabra de él en semanas, entonces, ¿por qué suspiraba como si hubiera sido ella quien lo hubiera interrumpido en medio de su vida tan ocupada?

–No hay necesidad de ponerse así –comentó él con suavidad–. Quiero decir, no interrumpo nada, ¿verdad?

Cristina anheló poder responder a eso último de forma afirmativa. Pero su velada había transcurrido viendo un programa televisivo de jardinería, tomando una cena solitaria y hablando media hora por teléfono con su madre, quien había adquirido la costumbre de llamarla cada dos días para animarla.

–No –reconoció a regañadientes–. En realidad, no. ¿Por qué me llamas? ¿Qué quieres?

–Quería saber cómo estabas –se relajó, apoyando la cabeza en el brazo y cruzando los pies descalzos a la altura de los tobillos.

–Muy bien, gracias.

–Estupendo. Me alegro de oírlo. Me tenías preocupado –comentó casi con voz piadosa.

–No me creo eso ni por un instante, Rafael. Y aún no me has dicho para qué me llamas a esta hora.

–Casi todo Londres se encuentra despierto a esta hora –señaló–. Y te llamaba para invitarte.

«¿Una cita?», fue el pensamiento descabellado que pasó por su cabeza. Entonces recordó que era el hombre de corazón de piedra, aunque consiguiera dar una buena impresión de ser humano.

–No lo creo –recordó cómo habían reído juntos, cómo la había hecho sentir sexy y bien consigo misma.

Con firmeza, cerró la puerta a esos recuerdos persistentes y tentadores.

–A una fiesta que doy el fin de semana próximo aquí en mi casa de Londres.

–¿Quieres invitarme a una fiesta...? –eso era más normal. No le interesaba averiguar cómo se sentía y cómo le iba; probablemente se sentía mal por haberle hecho daño. Pero no tanto como para querer comprobarlo cara a cara ante una taza de café, aunque sí lo suficiente como para considerar invitarla a algo grande e impersonal, que le daría la oportunidad de formular unas preguntas corteses con la comodidad de estar rodeado de sus amigos. Se preguntó si lo habría convencido su madre.

–¿Hola? ¿Sigues ahí o te has quedado dormida en mitad de un pensamiento?

–¡Claro que no me he dormido! –espetó–. ¿Lo ves? ¡Llevas al teléfono un par de segundos y ya me estás haciendo gritar!

–No hay nada malo en las reacciones emocionales.

–No es lo que decías en el pasado –le recordó con amargura.

Rafael tuvo que reconocer que había cierta verdad en eso.

–¿Y bien? –inquirió–. ¿Puedo contar contigo o no?

–¿Por qué me invitas? ¿Sientes pena por mí? ¿Lo haces porque te ha convencido María?

–En respuesta a tu segunda pregunta, nadie me ha convencido de nada. Y en respuesta a la primera... ¿Hay algún motivo por el que debería sentir pena por ti? Quiero decir, la vida sigue adelante, ¿no? –intentó visualizar el rostro de Cindy, pero en cambio obtuvo una imagen clara y precisa de Cristina.

De modo que sí sentía pena por ella. Esa respuesta

negativa se convertía en positiva y, así como no quería ir a ninguna fiesta que pudiera dar... no quería estar en su presencia cuando evidentemente aún era tan vulnerable a su abrumadora personalidad... negarse sería reconocer que era incapaz de estar ante él. ¡Entonces sentiría todavía más pena por ella!

Como si le leyera los pensamientos, él dijo:

–No te asustará verme, ¿verdad?

Cristina se obligó a relajarse respirando hondo y despacio.

–No seas bobo. ¿Por qué me va a asustar verte?

–Te daré más detalles a medida que se acerque el momento.

–¿No dijiste que iba a ser el próximo fin de semana? –la distrajo su vaguedad–. ¿Es que todavía no la has organizado?

–Oh, yo no participaré en eso. Patricia se va a ocupar de todo.

«Típico», pensó. Ni por un solo segundo se le había ocurrido que los acontecimientos de último minuto casi siempre terminaban siendo un fiasco. ¿Cuánta gente estaba disponible con tan poca antelación? Pero, claro, se trataba de Rafael Rocchi, el hombre acostumbrado a que todo el mundo se adaptara a él.

–¿He de dar por hecho que tu silencio significa que no apruebas mi falta de implicación?

–Puedes dar por hecho por mi silencio que no me sorprende tu falta de implicación. Tendré que repasar mi agenda para ver lo que haré el próximo fin de semana –expuso, ganando tiempo, porque realmente no sabía si sería capaz de verlo cara a cara.

–Bien. Te veré entonces. Ah, Cristina...

–¿Qué?

–Siéntete libre de venir acompañada.

Ésas fueron las palabras, pronunciadas con desganada diversión, que la llevaron a tomar una decisión. Sabía que no tenía que demostrarle nada a nadie, pero sí necesitaba empezar a recomponer su vida. Había hecho lo correcto en aferrarse a sus sueños de un matrimonio feliz con el hombre apropiado que pudiera devolverle amor... pero, ¿qué sentido tenía hacer lo correcto si luego se pasaba el resto de sus días pesarosa y pensando en Rafael?

Le había asegurado a su madre y a sus hermanas que estaba bien, cuando en realidad había pasado las últimas semanas escondiéndose en su apartamento como si temiera salir al exterior por miedo a derrumbarse. ¿Por qué iba a hacerlo? Por el tono que empleaba, Rafael estaba encantado y ella no iba a permitir que se incorporara a la cola de gente que sentía pena por ella.

Anthea, desde luego, se mostró encantada.

–Te va a sentar de maravilla salir –afirmó–. Y podrás demostrarle que has seguido adelante. ¿No podrías pedirle a Martin que te acompañara? Algo así como tomarlo prestado para la velada.

A pesar de lo tentador que resultaba, se resistió a la idea de un engaño tan obvio. Martin le caía muy bien como amigo, pero no iba a usarlo como un falso trofeo sólo para demostrar algo.

Pero sí permitió que la llevara a buscar un vestido, algo nuevo y colorido que reflejara su vida nueva y alegre. La descripción le pareció excesiva e inapropiada, pero dejó que Anthea la guiara de tienda en tienda hasta que, llegado el fin de semana, tenía un vestido, en su opinión demasiado corto, un par de zapatos, demasiado altos, y bisutería variada que habría enviado a su padre a una muerte prematura si hubiera podido verla.

–¡Y pasaré el sábado a las seis para arreglarte! –le informó Anthea–. ¡Serás la reina de la fiesta!

Cristina lo dudaba. El vestido era de un rojo vibrante con un escote que más que pronunciado era casi un abismo, pero su amiga había declarado que sus pechos eran muy bonitos y debía exhibirlos con orgullo. Y que no caería de bruces delante de los invitados con esos tacones. Caminaría de una manera sexy pero digna y todos los ojos se posarían en ella. Cristina aceptó esas palabras de sabiduría con un suspiro resignado.

La secretaria de Rafael, cuando la llamó a principios de la semana para darle los detalles de la fiesta, le ofreció enviarle al chófer para que la recogiera, pero ella se había negado, prefiriendo ir sola en un taxi. Resultó ser una decisión acertada, ya que Anthea se presentó tarde, y al terminar de «prepararla», ya iba con retraso.

Aunque no le quedó más remedio que reconocer que se veía glamurosa. El vestido, que había considerado ridículo en el probador al ponérselo con las zapatillas que llevaba en aquel momento, hacía todas las cosas idóneas. Acentuaba su busto, reducía su cintura, y sus piernas parecían mucho más largas con los zapatos negros relucientes y de tacones de vértigo.

Habían comprado mucha bisutería que le colgaba del cuello hasta la cintura y Anthea había trabajado con habilidad su pelo, recogiéndoselo en un moño casual, de modo que cayera alrededor de su rostro y haciendo que sus ojos parecieran enormes. Había logrado convencerla de aplicarle enormes cantidades de maquillaje, pero sus labios seguían siendo rojos y el ligero rubor en las mejillas resaltaban sus pómulos, que jamás había sabido que existían.

En conjunto, creía que estaba atractiva, aunque por dentro distara mucho de sentirse así.

El aleteo de nervios que se había iniciado al aceptar la invitación cobró fuerza total cuando el taxi la dejó ante la casa de Rafael.

Patricia le había comentado que sería una reunión pequeña y tranquila en honor a uno de sus clientes japoneses con el que acababan de cerrar un negocio importante.

De pie frente a la puerta, no le sonó ni pequeña ni tranquila. Había acercado con sigilo el oído a la madera y se preguntaba si podría escabullirse al abrigo de la noche cuando la puerta se abrió y ahí estuvo Rafael. Alto, moreno, letalmente atractivo y presto para sostenerla al caer hacia él.

Agitada, Cristina trató de recobrarse con rapidez.

–¿Qué haces? –preguntó Rafael.

Se lo veía tan desconcertado de encontrarla allí como a ella de que alguien hubiera abierto justo cuando espiaba.

No estaba seguro de qué lo había llevado a la puerta. En un rincón de su mente, con la fiesta en su apogeo y Cindy desempeñando el papel de perfecta anfitriona, había descubierto con irritación que esperaba que Cristina llegara. Era una de las mujeres más puntuales que jamás había conocido y supo que pasada una hora, había estado mirando su reloj de pulsera cada tres minutos, casi ajeno a lo que sucedía a su alrededor.

No había esperado abrir y que ella cayera en sus brazos.

La apartó un poco y la estudió.

–Dijiste que era una fiesta –se defendió ella antes de que Rafael pudiera decir algo–. Así que me vestí para una fiesta.

–Eso veo –sus manos parecían temporalmente pegadas a los brazos de Cristina y con rapidez la soltó–. No estoy seguro de poder llamar a esa tira de tela roja un vestido.

Se había preguntado cómo estaba, había pensado demasiado en ella para su propio gusto, y había dado por hecho que lo echaba de menos.

Pero tal como indicaban las apariencias, no podría haber estado más equivocado. Nunca antes la había visto vestida de esa manera. Parecía... sexy como los cielos y preparada para cualquier cosa.

Una imaginación que nunca había sabido que tenía, de pronto entró en acción y tuvo imágenes vívidas de Cristina encarando su pérdida de la forma tradicional. La visualizó saliendo de la ciudad, conociendo a hombres desconocidos en bares desconocidos. Dios. Al llamarla la semana anterior y pensar que la había sorprendido adormilada en casa un sábado por la noche, probablemente llevaba toda la noche en la cama. Pero no sola.

–¡Estás casi indecente! –se situó directamente delante de ella, bloqueando su visión de los invitados que se movían por la casa.

Habiendo dejado todo en las manos capaces de su secretaria, el agasajo de veinte personas, de algún modo se había convertido en una gran fiesta de más de cuarenta personas que no habían dejado de beber champán y vino desde que llegaran hacía una hora. Los camareros se hallaban ocupados, sin dejar que una copa permaneciera vacía ni parar de realizar rondas ofreciendo exquisitos canapés, que no eran suficientes como para compensar la cantidad de alcohol disponible. Rafael estaba seguro de que en algún momento debería ofrecer algo más sustancial para comer, pero en ese momento...

Se movió para poder cerrar a medias la puerta a su espalda.

El movimiento no le pasó desapercibido a Cristina, quien había salido de su casa sintiéndose despampanante y que en ese momento deseaba taparse los pechos con el pequeño bolso que llevaba. ¿Rafael se sentía avergonzado de ella? ¿Pensaba que su atuendo no era el adecuado para la fiesta?

Nunca antes le había sucedido algo parecido y la mortificó pensar que pudiera pasar en ese instante.

–Si prefieres que me marche...

–Claro que no. Ya estás aquí. Sólo me sorprende la elección de tu ropa.

–Anthea me echó una mano –confesó.

–Claro –se preguntó en qué más le había echado una mano Anthea desde que rompieran. ¿Tal vez la había llevado a algunas fiestas? Vestida de esa manera, no había un solo hombre en Londres que no hubiera quedado cautivado por ella.

–Bueno... ¿entramos, entonces?

–¡Por supuesto!

Se apartó y observó con ojos sombríos mientras entraba en el salón y, tal como había esperado, el vestido rojo... o, más bien, su ausencia, en combinación con los obvios encantos de Cristina, hicieron que todos los hombres presentes los miraran con disimulo. Y, desde luego, Cindy, cuyos ojos se entrecerraron al avanzar lenta pero decididamente hacia ellos.

Se había vestido para impresionar y había trazado una fina línea entre sexy y «rubia pero quiero que me tomen en serio». El resultado era que había terminado pareciendo una auxiliar de vuelo muy atractiva y eficiente, con una falda gris claro y una chaqueta ceñida a juego, zapatos grises y una blusa blanca con un par de botones discretamente abiertos. Al lado de Cristina, parecía la sombra pálida de una mujer, pero le sonrió y le pasó un brazo por los hombros de forma casual cuando se arrebujó contra él al tiempo que examinaba minuciosamente a Cristina.

En ese momento pasó un camarero con una bandeja con bebidas y Cristina se apresuró a tomar una, decidiendo que iba a necesitar un par de copas para sobrellevar la velada.

Cindy, toda sonrisas y elegancia, tomó el mando, enviando a Rafael con sus invitados y asegurándole que sería la guía de Cristina y se aseguraría de presentarle a algunos jóvenes interesantes.

Cristina se bebió lo que quedaba del vino en su copa y trató de no sentirse como un niña con un vestido llamativo en una reunión de adultos.

Después de tres copas de Chablis y no probar bocado, ya que se sentía gorda, la fiesta iba cobrando un tono mucho más agradable. Para empezar, puede que Rafael pensara que parecía vulgar y exhibicionista, pero varios de los *jóvenes* presentes daban la impresión de tener una opinión diferente. De hecho, muchos de los hombres *más maduros* parecían compartir el sentimiento.

Cuando decidió mirar su reloj de pulsera, era medianoche pasada y consideró que lo había hecho bien. Había mantenido una distancia saludable con Rafael, ya que no quería que le recordara el nuevo estado en el que se hallaba con la glamurosa y muy solícita Cindy, y, además, había reunido un reducido pero muy útil número de personas interesadas en hablar con ella acerca de los planes de paisajismo que tenía.

De hecho, en ese instante uno intentaba persuadirla de que necesitaba desesperadamente sus talentos.

–Estás borracho, Goodman. Es hora de irse. Te he llamado un taxi que ya te espera.

Cristina, que había estado disfrutando de los halagos y preguntándose si no debería afirmar su júbilo por la soltería aceptando la invitación que le había hecho el otro para ver todas sus plantas, giró al oír la voz de Rafael.

La sala se había vaciado. Se preguntó cuándo y cómo había sucedido eso. Miró alrededor dominada por el pánico por su olvidado bolso, pero cuando lo tuvo localizado visualmente, Rafael había vuelto, plantándose delante de ella con los brazos cruzados y la cara sombría.

–Será mejor que me vaya –retrocedió en dirección del bolso–. No tenía idea de que todo el mundo había desaparecido –emitió una risita nerviosa.

–No, supongo que no –espetó él–. Estabas tan absorta con los encantos de James Goodman que si se hubiera caído el techo, ni te habrías enterado.

Por lo que a él respectaba, la noche había sido un desastre. A la media hora, los invitados lo habían aburrido, Cindy había estado horrible en su desesperación por demostrar la destreza que poseía como anfitriona... y Cristina, a quien había imaginado que se mostraría tímida y callada, impulsándolo a integrarla, había robado la noche. No tenía ninguna intención de decírselo, pero varias personas le habían preguntado por ella, curiosas por saber quién era. La experiencia en conjunto no había sido positiva, y ahí estaba ella, ansiosa por largarse, sin duda con la esperanza de alcanzar a Goodman antes de que abandonara el escenario del crimen.

–¿Dónde... mmm... está Cindy? –preguntó para romper su pétreo silencio–. Parece una mujer muy agradable...

Rafael no estaba de humor para pensar en Cindy, a quien había despachado hacía veinte minutos, en una decisión que sin duda señalaría la ruptura de cualquier relación incipiente. No le preocupaba demasiado. Si después de haberla visto un par de veces su compañía le había resultado irritante, era evidente que nunca había existido un futuro.

–Podría advertirte de que, si ésta es tu manera de manejar nuestra ruptura, te diriges hacia una caída catastrófica, pero... –se encogió de hombros–. Es de tu absoluta incumbencia comportarte en público...

–¿Cómo me comporto en público? –cortó con creciente furia por su actitud. Parecía creer que era perfecto pasar la velada con una rubia de un metro ochenta pegada a él como una lapa... pero ella, por el contrario, había llegado vestida de forma indecente y por lo que manifestaba en ese momento, había hecho el ridículo. Intentó contar hasta diez, pero sólo consiguió llegar a tres, luego lo miró con ferocidad–. Estoy libre, soy joven, estoy soltera y... y... –«¿y qué?»–. ¡Busco diversión! Sí, puede que lleve un vestido corto...

–Exhibiendo cada centímetro de tu cuerpo –señaló con tensión.

–¡Tú me enseñaste a no esconderme y a encarar al mundo!

–¿O sea que ahora es culpa mía que seduzcas a los hombres?

Cristina pensó en las noches con chocolate caliente

y libros de jardinería y decidió no corregirlo. ¿Cómo se atrevía? Y más cuando ya la había reemplazado.

–¡No tengo que seducir a los hombres! –expuso, ocurriéndosele por una vez una réplica cortante–. ¡He notado que unos cuantos me encuentran atractiva! De hecho... –fue con rapidez hacia su bolso y sacó un pequeño fajo de papeles con números de teléfono. Bajo ningún concepto iba a revelarle que la mayoría representaba cuestiones auténticas acerca de servicios de paisajismo de algunas de las esposas que habían asistido a la fiesta–. ¡Mira... números de teléfono! ¡Incluido el de Jamie! ¡Y, sí, no pienso esperar sentada que ellos me llamen a mí!

Capítulo 9

LA SEMANA de Rafael no había ido bien. Se había visto molestamente plagado por pensamientos de Cristina con su vestido sexy y desvergonzado... así era como mentalmente le gustaba describirlo.

Y también había mantenido un par de conversaciones incómodas con Cindy, quien de forma equivocada había interpretado que tres citas eran las ruedas que empezaban a mover el carro de «llegar a conocernos». No había querido mostrarse contundente ante sus acusaciones, pero al final se había visto obligado a informarle de que no eran compatibles. En vez de sentirse consolada por esa excusa ambigua, se había puesto a llorar al teléfono y se había lanzado a un ataque realmente irritante contra él... al final del cual se había atrevido a gritarle que era la clase de hombre sobre el que su madre siempre le había advertido. Luego había colgado.

Eso podía soportarlo. De hecho, había sido un alivio, porque todo el proceso de salir con una mujer, de repetir la rutina de «llegar a conocerte» con la que siempre había disfrutado, había empezado a darle dolor de cabeza. Se dijo que podría haberse mostrado más diplomático al transmitirle lo que sentía, pero todo eso ya formaba parte del pasado.

Sin embargo, lo que sentía en ese momento...

Miró con expresión lóbrega el teléfono que acababa de colgar.

Menos mal que era viernes y él era la única persona que quedaba en la oficina, porque le costaba concentrarse después de la conversación mantenida con Goodman.

Había titubeado antes de llamarlo, pero un par de partidos compartidos de squash y algunos consejos financieros que le había ofrecido en el pasado habían hecho que se sintiera cualificado para realizarle una llamada sorpresa. Desde luego, había suavizado mucho las cosas ofreciendo primero la deslumbrante zanahoria de invertir dinero en la empresa del otro, algo a lo que había estado dándole vueltas en los últimos meses, ya que quería ampliar su portafolio. Por supuesto, Goodman había mordido el anzuelo. Sólo había necesitado mostrar una leve curiosidad al respecto para averiguar lo que quería saber desde el principio.

Si Goodman tenía alguna intención de ver a Cristina.

Con una desagradable dosis de placer, le había informado de que esa noche tenían una cita. Al parecer, ese pañuelo rojo que ella había llamado vestido había obrado su magia. De hecho, Goodman le había dicho que debía darse prisa para llegar a tiempo al restaurante donde había reservado mesa en el West End.

Rafael había recibido esa información con los dientes apretados y de inmediato había emprendido una acción preventiva al decirle que tendría que cancelar dicha cita.

—Voy a revelarte algo, Goodman —había dicho sin remordimiento alguno de conciencia—. Pero mi equipo legal ha trabajado más en esta inversión específica que la que yo comuniqué en un principio, y si vamos a seguir adelante, debemos obrar con celeridad. Voy a pasarte un montón de documentos... y necesitaré tus comentarios al respecto por la mañana –había dejado que el silencio le comunicara lo mucho que su empresa se beneficiaría de la muy necesitada inyección de capital que le aportaría. Y con instinto asesino había añadido–: Por supuesto, tengo un número de empresas en las que estoy pensando invertir...

La conclusión de la conversación había sido predecible: las citas estaban bien, pero el trabajo era lo primero.

Había intentado desterrar el tema de su mente, pero era lo bastante realista como para comprender que eso no iba a suceder.

Por algún motivo, esa mujer se había metido bajo su piel, e incluso en ese momento, con su relación muerta y enterrada, seguía ahí.

Pensó en Goodman, con los ojos desencajados mirándole los pechos y calculando mentalmente qué espera era razonable hasta tratar de llevársela a la cama, y se felicitó por emprender la acción que había ejecutado.

Sin molestarse en convencerse de cambiar la decisión tomada, recogió su chaqueta y se la puso mientras el ordenador se apagaba, luego se dirigió hacia la puerta.

Para él representaba un comportamiento sin precedentes, era como si todos los pensamientos racionales se hubieran desactivado, conduciéndolo al aparcamiento subterráneo y al Ferrari que llevaba allí cuatro días.

Para su inmensa frustración, el tráfico estaba atroz.

Eran las ocho pasadas cuando, después de varias vueltas a la manzana, al fin logró encontrar un sitio donde aparcar.

Llamó al telefonillo de su apartamento y esperó que contestara. Goodman ya debía de haberle informado de que la cita quedaba cancelada. Se preguntó si habría arreglado otra. Quizá el otro le había dicho que pasaría al terminar el trabajo para tomar una copa.

–Estaba por la zona y pensé en hacerte una visita –indicó él.

Cristina sintió como si alguien le hubiera lanzado una descarga eléctrica. James, su cita, había llamado para informarle de que tenía mucho trabajo y había experimentado una sensación de culpa por el alivio que la había embargado. Después de haber aceptado salir con él, había pasado los siguientes dos días dudando de su decisión.

Había sido un simple coqueteo. Pero sin la red de seguridad de una sala llena con los amigos de Rafael, había empezado a tener la sensación de estar fuera de su elemento, lo que se había incrementado cuando al día siguiente él la había llamado para manifestarle «estoy impaciente por hacerte pasar un buen rato».

De modo que la voz de Rafael a través del telefonillo, a pesar de representar una sorpresa, la llenó de un aturdido alivio. Durante una fracción de segundo, se le había pasado por la cabeza que James podría haber tirado por la borda el trabajo que tenía para ir a hacerle pasar el buen rato que le había mencionado.

Desde luego, no era algo que pensara comentarle a Rafael. Había dedicado los últimos días a pensar en la mujer nueva que había en su vida y a decirse a sí misma que también necesitaba seguir adelante, a ser posible del brazo de otro hombre.

Tuvo que respirar hondo varias veces antes de abrir la puerta.

Involuntariamente, dio un paso atrás en cuanto lo vio, ventaja que él no desaprovechó para entrar en el pequeño vestíbulo.

–¿Ibas a salir? –preguntó, girando para mirarla, consciente de que gracias a su intervención de esa noche no iría a ninguna parte.

Llevaba otro vestido sexy que no le había visto antes, diseñado para exhibir sus fabulosas curvas. Para alguien que había predicado las virtudes de la vestimenta pragmática, daba la impresión de haber descubierto el atractivo de las prendas poco prácticas. Primero rojo sirena, y en ese momento un turquesa que provocaba un contraste exquisito con su piel, y el modo en que se ceñía... Después de unas semanas apagadas en el terreno sexual, experimentó el impulso loco de desnudarla y tomarla del modo en que solía hacerlo cuando las cosas estaban bien entre ellos.

Durante unos segundos, Cristina sintió la tentación de mentirle y decirle que iba a salir, aunque en ese caso desconocía adónde habría ido. Se había quedado sin cita y bajo ningún concepto iba a dar vueltas a la manzana como una fugitiva con el único objetivo de fingir que se hallaba tan ocupada como él en el terreno romántico.

–Sí –confesó con rigidez–. Pero un imprevisto ha obligado a que la cita se cancelase.

–No hay nada peor que una persona poco cumplidora –comentó con suavidad, subiendo los escalones de modo que a ella no le quedó más opción que seguirlo.

Cuando se unió a él en la cocina, lo vio de pie ante la nevera abierta con una botella de vino en la mano. Luego sacó un par de copas de un armario y las depositó en la encimera.

–Dime, ¿quién era el afortunado? –preguntó de forma casual–. ¿Alguien que yo conozca?

–James –musitó Cristina–. De hecho, lo conocí en tu fiesta.

Rafael frunció el ceño y luego enarcó las cejas con divertida incredulidad.

—No Goodman.

—De hecho, sí —aceptó la copa de vino. Reinó un silencio en apariencia significativo y ella preguntó a regañadientes—: ¿Por qué? —a pesar de que la expresión de él le reveló que era justo la pregunta que había estado esperando.

—Pensé que podía ser el caso —reconoció Rafael, apoyándose en la encimera—. Llámalo un pálpito.

—No sé de qué hablas.

—Debo de tener un lado telepático altamente desarrollado —reflexionó—. Porque me puse a pensar en ti en la fiesta y comprendí que debería venir a verte al menos para advertirte de que si esperas encontrar a Don Perfecto en Goodman, vas muy descaminada.

Cristina se ruborizó y cruzó los brazos. ¿Advertirle? ¿Es que era algún caso de caridad? Eso le confirmó todo lo que había estado pensando. Había sentido pena de ella y por eso la había invitado a su fiesta. Y en ese momento sucedía lo mismo y había decidido que era incapaz de cuidar de sí misma.

—¿Sabías que James se iba a poner en contacto conmigo?

Él lo negó con celeridad. No sintió el más leve remordimiento de conciencia, porque podía ver con claridad que ella estaba muy necesitada de su consejo. Había intentado convencerla de que el súbito cambio en el código de vestimenta no era una buena idea, y en ese instante pudo comprobar que aún requería algunas palabras más de advertencia.

—Lo uso como ejemplo —explicó—. Es el caso típico de cómo reaccionará un hombre en presencia de una mujer que muestra su sexualidad anunciada con letras de neón.

Cristina no supo si sentirse halagada o indignada porque se presentara en su casa para continuar con sus necios sermones.

–No te necesito para que me des un discurso sobre cómo son los hombres –musitó.

–No si tu intención es abrirte camino entre unos cuantos Don Imperfectos hasta dar con Don Perfecto –se plantó delante de ella antes de que pudiera emprender una acción evasiva.

Se dijo que jamás debería haber dejado que entrara en su apartamento, que era la única culpable de la incomodidad que sufría en ese momento. Pero en cuanto Rafael hablaba, todas las buenas intenciones que albergaba se evaporaban. Había oído esa voz profunda y sexy y se había derretido.

–¿Cómo puedes sermonearme sobre... acostarme con alguien? –espetó a la defensiva–. ¡Ya has metido a otra mujer en tu vida! ¿O es que esa Cindy sólo era una buena amiga?

–No estamos hablando de mí. Yo soy plenamente capaz de ocuparme de mí mismo.

–Eso lo sé. Son las mujeres con las que te ocupas las que necesitan mi simpatía.

«¿Por qué diablos defiende a Goodman?», pensó con vehemencia. ¿Es que creía que ese hombre representaba algo más que problemas en lo que a mujeres se refería? Iba a exponérselo cuando comprendió que Cristina lo había metido a *él* en la misma categoría. ¡Teniendo en cuenta que le había propuesto matrimonio, resultaba indignante!

–No sé qué impresión has sacado –clavó la vista en la cara de ella–, pero Cindy y yo jamás fuimos amantes.

Cristina sabía que era una necedad alegrarse por esa información. No eliminaba la realidad de que la había visto como una comodidad en su vida en vez del amor que la impulsaba. Aún seguían en lados opuestos de un abismo infranqueable.

–Goodman tiene una reputación –continuó él–. Y, sí, sé que es probable que me catalogues de la misma manera, pero todavía no conoces a James.

–A mí me pareció correcto –era difícil mantener el control de su persona siendo escrutada por esos ojos.

–Si por «correcto» entiendes que pasara la noche con los ojos clavados en tus pechos...

–Supongo que ahora me vas a hablar de lo inapropiado que fue mi vestido. Supongo que vas a decirme que lo que llevo puesto ahora también es inapropiado...

Eso hizo que Rafael se centrara por completo en el cuerpo de Cristina, que ésta le ofrecía a su escrutinio, con las manos a los costados mientras aguardaba el veredicto.

Como una fuerza acumulada e imparable, sintió una descarga tan poderosa de deseo que cerró las manos con fuerza en un intento por controlarla. Pero su cabeza se había desbocado al recordar la sensación de ella bajo sus manos y el sabor de esa piel mientras se retorcía debajo de él.

Con tono ronco, se oyó a sí mismo preguntar:

–¿Es la primera vez que vas a verlo esta semana? ¿Te ha tocado? ¿Te has ido a la cama con él? –eran preguntas que en justicia no podía preguntarle a Goodman en persona, al menos no sin sonar como un amante furioso y celoso, pero se las hizo a ella y aguardó expectante las respuestas.

–¡Claro que no me he acostado con él! ¿Cuándo

imaginas que eso pudo tener lugar? ¡Si lo he conocido este fin de semana!

–Eso no indica nada –desdeñó él.

–No soy esa clase de chica. Creía que al menos sabías eso de mí.

–¡Mírate! En una ocasión imaginé que no eras la clase de chica que se vestía para impresionar a los hombres, pero me equivoqué, ¡de modo que bien puedo equivocarme en todo lo demás!

–¡No me visto para impresionar a los hombres!

–De acuerdo. Sólo a Goodman –esperó que negara semejante acusación, e incluso se enfureció más cuando no lo hizo. Si hubiera aceptado su proposición de matrimonio y todo lo que acarreaba, él no se encontraría en esa posición.

Volvió a sentir el deseo y con discreción se alejó de su alcance.

Se maldijo por haber sido tan idiota. Podría haber sabido que nada en la vida era tan simple o claro como parecía.

–¿Y bien? –demandó con energía, incapaz de eliminar el sabor amargo de su boca cuando imaginaba que se embutía ese vestido turquesa con la única intención de atraer a un sapo como Goodman.

–¿Y bien qué?

–Bien... –se apartó, con ganas de beber otra copa de vino–. Vine aquí por preocupación. Eres nueva en este juego, pero si te vistes de esa manera... –informó sin rodeos mientras rellenaba sus copas–. Estarás enviando los mensajes equivocados.

–Rafael... –recordó las múltiples alabanzas de Anthea acerca de su nuevo guardarropa. Su amiga le habría dicho si algo de lo que se había probado estaba mal, ya que había sido más que franca al indicarle que parecía demasiado curvilínea con algo, o que era demasiado corto o lo que fuera–. Muchas mujeres se ponen ropa ceñida.

–Muchas mujeres no tienen tu cuerpo –pensó en las mujeres delgadas con las que salía. Desde luego habían llevado vestidos apretados y les habían sentado bien, pero jamás habían estado tan sexys como ella.

–Soy consciente de que me vendría bien perder unos kilos...

–Me has malinterpretado –bebió unos tragos de vino y la observó por encima del borde de la copa–. En ti, en tu cuerpo, los vestidos ceñidos representan una tentación que ningún hombre en su sano juicio podría resistir. Ya has visto cómo a Goodman le era imposible quitarte los ojos de encima, y no era el único.

–Tú lo conseguiste sin esfuerzo –se sintió horrorizada al oírse y de inmediato arregló el desliz añadiendo–: Supongo que se debió a que se hallaba presente tu amiga –¡la amiga con la que no se había acostado! ¿Era porque a ella la consideraba más sexy que a la rubia artificial? ¿No acababa de decir que con un vestido ceñido era una tentación que «ningún hombre en su sano juicio podría resistir?»

Aunque quizá sólo fuera una cuestión de respeto. Tal vez Rafael no se había ido a la cama con la rubia porque le estaba dando tiempo a la relación para crecer y desarrollarse, algo que para él sería muy importante.

–Sé que no te has acostado con ella, pero, ¿quizá has decidido ir despacio?

Rafael no sentía el más leve interés en mantener una conversación sobre Cindy. Lo que de verdad quería era arrancarle el vestido y perderse en ese fabuloso cuerpo curvilíneo.

–¿Cómo lo sabes? –inquirió con voz ronca, dando

un paso hacia ella al tiempo que Cristina retrocedía otro, de forma que durante unos momentos realizaron una danza de avance y retroceso.

–¿Saber qué? –graznó ella. De pronto sentía que el cuerpo le ardía y pudo notar cómo se le contraían los pezones y las piernas se le aflojaban. Era casi imposible no revivir esa pasión abrasadora que podía trasladarla a un universo propio, no sentir los labios resecos y los pulmones sin aire–. ¿Qué haces? –preguntó, febrilmente consciente del modo en que se estaba comportando su promiscuo cuerpo y de los pocos centímetros que los separaban.

Rafael no respondió. Pasó un dedo por su clavícula y la sintió temblar.

–¿Qué te induce a pensar que yo no era uno de los hombres que te miraba? –murmuró.

Quizá se hubiera puesto ese vestido para Goodman, pero en ese momento él era el único hombre que había en su mente. Podía leerlo en esos enormes ojos que lo miraban con fascinación hipnotizada, en las pupilas dilatadas y en el modo en que se humedecía los labios con la punta de la lengua.

Cristina emitió un leve sonido estrangulado. En ese momento se encontró pegada contra la encimera y a su merced cuando él apoyó las dos manos a los lados de ella, bloqueando toda esperanza de huida.

Aunque una voz perversa en su cerebro la obligó a reconocer que tampoco quería huir. Era horrible y humillante, pero le gustaba la situación, le gustaba tener el cuerpo de él tan cerca que con un simple movimiento podía tocarlo, extender los dedos sobre ese torso duro y musculoso.

Cerró los ojos y alzó la cabeza, buscando ciegamente la boca de él mientras aplastaba los pechos contra ese torso. El ceñido vestido turquesa llevaba una cremallera en la espalda. Lo único que tenía que hacer Rafael era bajarla y su cuerpo quedaría libre; así podría sentir las manos de él sobre su piel desnuda. Más tarde pensaría en las consecuencias. En ese momento sólo anhelaba tenerlo contra ella. Por su mente pasaron imágenes de esos labios sobre sus pechos mientras le succionaba los pezones, de esas manos al explorarle cada centímetro ansioso e impaciente de su cuerpo.

Se llevó la mano atrás y tiró de la cremallera. Apenas fue consciente de hacerlo, pero le agradó bajarse el vestido hasta la cintura. No llevaba sujetador debido al escote pronunciado de la espalda. Gracias a Rafael, era mucho menos tímida acerca de sus pechos que lo había sido en el pasado.

Rafael había soñado con ese cuerpo, un sueño oscuro que se había afanado en desterrar al fondo de su mente y enterrar bajo todos los motivos por los que esa relación se había ido a pique. Pero siempre había estado presente, apenas contenido en la caja mental a la que lo había empujado.

Fue como un golpe inesperado por debajo del cinturón cuando la mano entró en contacto con su piel. Le coronó uno de los pechos y le frotó el pezón con un dedo y sintió que se ponía rígido bajo el contacto.

Entonces, como un tren de mercancías que se oye en la distancia pero que no se siente hasta el impacto, su mente registró que no llevaba sujetador. Se había enfundado ese vestido para Goodman, no para *él*.

En cuestión de segundos, cayó en las profundidades de la furia. No pudo recordar por qué había ido allí. Sí, se había quitado de en medio a Goodman, pero, ¿de verdad había creído que esa maniobra era algo más que una demora momentánea?

Ella había confesado que lo amaba. Desde luego, dicho amor había sido de naturaleza muy pasajera si era capaz de ponerse ese vestido sexy con la expectativa de irse a la cama con otro hombre.

En cuanto sus pensamientos se adentraron por esa ruta, comenzaron a consumirle cada rincón de su mente.

–Me parece que no –dijo, bajando las manos y girando, porque conocía la debilidad y la lujuria que le inspiraba. No quería ver ni un centímetro de ese cuerpo exquisito.

Su brusca retirada fue como un jarro de agua helada sobre ella. Con el corazón hundido, clavó la vista en su espalda rígida; luego, con rapidez y vergüenza, se subió el vestido. No podía subirse la cremallera sin un considerable esfuerzo y fue consciente de la abertura como un recordatorio burlón de la disposición que había mostrado a abandonar todos los principios en los que creía por un simple contacto de él.

–No sé por qué me preocupaba que Goodman se aprovechara de ti... –giró para mirarla con desagrado–. Es evidente que sabes muy bien adónde van a llevarte esas prendas tan reveladoras. Dios sabe que hasta es probable que tengas los preservativos preparados en la mesilla de noche.

Sin pensárselo, dolida, enfadada y sintiéndose manipulada, alzó la mano y lo abofeteó con fuerza. Primero se miró la palma de la mano con horror, y luego la marca roja que empezó a formársele en la mejilla. La disculpa que iba a ofrecerle murió en sus labios al ver la expresión que puso. La miraba como si fuera algo que hubiera salido arrastrándose de debajo de una piedra. Jamás la había mirado de esa manera, ni siquiera cuando le había devuelto el anillo de compromiso.

–Son... son palabras horribles –murmuró, pero él ya había dado la vuelta para ir hacia la puerta.

¿Es que pensaba que se había convertido en otra mujer, fácil, la clase de chica que se pondría un vestido sexy, invitaría a un hombre a subir a su apartamento y pasaría la noche con él? ¿La clase de chica que nunca había sido ni nunca podría ser?

Se lanzó hacia él cuando se ponía la chaqueta y lo aferró del brazo.

–Por favor, no te vayas. No así.

Rafael la miró con frialdad.

–¿Cómo?

–¡James sólo era una cita! No iba a... ¡Yo no soy así! ¿Por qué me besaste? –tenía que saberlo.

–Te habrías ido a la cama conmigo.

–Porque sabes lo que siento por ti. Sé que habría sido un gran error, pero, ¿me besaste porque querías demostrar que podías hacerlo? ¿Estabas celoso de James?

–¿Yo? ¿Celoso de *Goodman*? –el simple hecho de que le hubiera recordado un sentimiento para el que no tenía tiempo, que era para perdedores a los que no les importaba ser vulnerables, bastó para avivar su furia.

–No, claro que no podrías estarlo –convino Cristina con voz angustiada–. Tienes a Cindy.

Cruzó los brazos y bajó la vista al suelo. Los zapatos altos habían quedado descartados en algún momento y se hallaba físicamente en desventaja. Era como hallarse a la sombra de un poderoso volcán. Esperaba que Rafael estuviera decepcionado y disgustado con ella. Sin duda se consideraba afortunado de no haber acabado con una mujer que en ese momento, incorrectamente, consideraba que carecía de toda moral. No podría haber estado más equivocado, pero ni siquiera sabía por dónde empezar para eliminar esa idea de su cabeza. Su expresión era velada y adusta, y espantosamente fría.

—No deberías haber venido esta noche –musitó con sentida sinceridad.

Era un sentimiento con el que Rafael coincidía plenamente. La idea de que se involucrara con Goodman... de que se vistiera para él, se arreglara para él, de que se sintiera tentada a acostarse con él, sin importar lo que hubiera tartamudeado acerca de que no era esa clase de chica... permanecería para siempre en su cabeza.

—Estoy de acuerdo –corroboró con frialdad–. Más aún, Goodman es todo tuyo.

Capítulo 10

TRES días más tarde Cristina decidió que tenía que marcharse. No dejaba de revivir cada minuto del último encuentro, y cuanto más lo hacía, más desesperanzada se sentía. Su intención no había sido verlo después de la fiesta y en ese instante no dejaba de flagelarse por lo débil que había sido. Tenía que quitárselo de la cabeza, y aunque era improbable que alguna vez coincidieran, estar en la misma ciudad que él le provocaba cierto pánico.

Anthea podría llevar la floristería sola durante unos días.

Le habría sido fácil desaparecer en un lugar convenientemente remoto, pero al final telefoneó a una de las mujeres que había conocido en la fiesta en relación con un posible encargo de paisajismo. No había sido un proyecto grande, sólo rehacer una parte pequeña de su jardín, donde quería que un huerto formara parte de algo decorativo. Lo recordaba porque era una casa en el campo y podían alojarla en una cabaña pequeña que había en la propiedad.

Al no esperar nada, se llevó una sorpresa agradable cuando Amelia Connolly la recordó, e incluso mayor cuando le informó de que podía ir de inmediato y pasar unos días allí, lo cual para ellos sería perfecto, ya que pensaban ausentarse del país durante quince días.

De modo que al día siguiente bajó del coche con la

llave de la cabaña que le había entregado un vecino, cuya casa se ocultaba detrás de campos de labranza y árboles grandes.

La casa principal era una enorme mansión victoriana tradicional de ladrillo visto. Amelia y su marido tenían dos hijos pequeños y el lugar parecía demasiado grande para una familia de sólo cuatro personas, dos de las cuales acababan de dejar los pañales, aunque a alguna gente le gustaba disponer de mucho espacio.

La cabaña era mucho más afín a su estilo. Se hallaba en la parte delantera de la propiedad, donde comenzaba el largo camino de grava que conducía a la mansión, y era muy pintoresca.

Tenía una cocina pequeña, un saloncito acogedor y arriba el único dormitorio y cuarto de baño.

Decidió que exploraría el terreno por la mañana, ya que se sentía exhausta, a pesar de que el viaje apenas había durado dos horas en su coche. Ya no recordaba la última vez que había dormido bien; las últimas dos noches habían sido un desastre. Había tardado un montón en quedarse dormida, y terminaba por verse plagada por sueños en los que siempre Rafael desaparecía en la distancia mientras ella intentaba seguirlo sin éxito, ya que tenía los pies pegados al suelo.

Había llevado comida suficiente para cuatro días, que era el máximo de tiempo que pensaba quedarse. Pero al abrir la nevera vio que Amelia, amablemente, la había llenado con todo lo básico, y junto a un pequeño plato con huevos en la encimera, le había escrito una nota en la que le decía que se sintiera como en casa además de varios folios en los que le detallaba el tipo de ideas que tenía para el huerto.

Cenó una tortilla francesa y a las ocho y media estaba lista para quedarse dormida ante el televisor. El simple hecho de no encontrarse en Londres era bueno para su mente. Aún pensaba en Rafael, pero al menos no la persiguió en sus sueños. Y al día siguiente tenía los ojos luminosos y se hallaba preparada para echarle un vistazo al proyecto.

Le resultó muy fácil perderse en los jardines y el bosque. En más de una ocasión se había cuestionado qué la había llevado a instalarse en Londres.

Debido a todos los acres que tenía para explorar, se había preparado el almuerzo y se sintió en el cielo sentada en el borde de la arboleda fragante con lavanda, que se veía por doquier en la propiedad.

No tenía prisa por regresar a la cabaña. Hacía una temperatura gloriosa y podría haberse quedado al aire libre toda la vida. El espacio abierto era un bálsamo para su mente atormentada.

Terminado el almuerzo y después de dormitar un rato, algo que jamás hacía en Londres, se había ocupado en los campos con sus cuadernos, gráficos y lápices hasta las ocho aproximadamente, cuando la luz comenzó a desaparecer.

Había sido un día ajetreado, placentero y productivo, y tenía la esperanza de desplomarse en la cama y caer dormida en unos minutos.

Al regresar, nada le advirtió de que podía haber otra persona en la cabaña. Ella misma había dejado la puerta abierta, ya que no había planeado ausentarse ni alejarse tanto como al final había hecho.

Fue a la cocina, encendió la luz, dejó sus cosas en la mesa de pino y sólo notó que había alguien al ver la sombra proyectada por detrás de ella.

No se detuvo a pensar. Giró con su libro de jardinería y oyó un sonido seco y satisfactorio al establecer un veloz y violento contacto con el intruso.

Rafael se dobló bajo el vigor del ataque y el elemento de la sorpresa. Se había visto obligado a aparcar a la entrada de la propiedad porque la imponente cancela de hierro forjado estaba cerrada, lo que lo había obligado a atreverse con el muro de ladrillo, el follaje y los setos.

Había llegado hacía dos horas, encontrando la cabaña abierta pero vacía. Se le había pasado por la cabeza salir a buscarla, pero pensó que lo primero era darse una ducha, porque estaba sucio y arañado en muchas partes. Y con los pantalones y la camisa inservibles, había quedado reducido a llevar unos calzoncillos y el albornoz rosa que había encontrado colgado de un gancho detrás de la puerta del dormitorio. Le quedaba demasiado corto y pequeño como para cerrárselo, aparte de ser demasiado rosa y hacer que se pareciera a un personaje de dibujos animados, pero asustaría menos que él allí, sin que su presencia se esperara, en ropa interior.

Él, un hombre que podía inspirar temor sin decir una palabra, se encontraba en territorio desconocido, y lo intimidaba menos hacer el ridículo por la ropa que lucía que por la idea de que ella pudiera darle la espalda y marcharse.

La primera reacción de Cristina cuando él se dobló fue pensar por qué ese hombre llevaba puesto su albornoz. Luego reconoció la identidad del intruso y retrocedió conmocionada, aunque eso duró unos pocos segundos antes de ser reemplazado por una ardiente amargura que hizo que se sintiera literalmente enferma.

Con los brazos cruzados lo observó con frialdad mientras poco a poco él recuperaba el aliento y se incorporaba.

–¿Cómo averiguaste dónde estaba?

Rafael se frotó las costillas donde Cristina lo había golpeado con el manual. Debía de pesar una tonelada y ella no se había contenido. En un día mejor, tal vez habría podido bromear al respecto.

–Conseguí convencer a tu amiga de la floristería de que era por tu propio bien que me contara dónde te estabas alojando. ¿Cuánto pesa ese libro? Es posible que me hayas roto un par de costillas –fue un intento flojo e infructuoso de bromear. Miró su expresión gélida y experimentó otro nudo de miedo en la boca del estómago.

–Bien, porque no deberías estar aquí y quiero que te marches. Quiero que te quites mi albornoz y te largues de mi vida.

–No digas eso, Cristina. Por favor.

Hablaba con esa voz capaz de aflojarle las rodillas, aunque en ese momento notó que las tenía bien firmes. Pensó que el pasado no podía enterrarse debajo de un «por favor». Ni siquiera sabía qué hacía allí y no pensaba preguntárselo. Su mente sólo tenía la pesadilla de la última conversación que habían mantenido.

–Yo... Problema con mi ropa... –señaló el albornoz–. Está empapada en el cuarto de baño de arriba... –no parecía querer conocer la causa, ya que no había apartado esos ojos fríos de él.

Para alguien con una personalidad tan luminosa, cuyo rostro era realmente un espejo de sus pensamientos, esa falta de expresión resultaba más contundente que cualquier grito que hubiera podido proferir.

–No... no podía entrar –añadió a modo de explicación en el creciente silencio–. Las puertas estaban cerradas, por lo que tuve que encontrar un lugar por el que poder trepar el muro. El único problema es que tuve cierta batalla con árboles y setos –hizo una pausa pero ella no mostró interés en lo que decía–. Por suerte la puerta de la cabaña estaba abierta, así que pude entrar y darme una ducha. ¿No vas a preguntarme qué hago aquí?

–¿Indícame por qué debería importarme, Rafael?

–Esto no me resulta fácil.

–¿Qué? Mira, no quiero más discusiones contigo y tampoco que reaparezcas en mi vida cuando a ti te venga bien.

–Lo entiendo.

–¡No, no lo entiendes! –sintió que le temblaba todo el cuerpo, que su presencia le sacudía todo el sistema nervioso, justo cuando creía que empezaba a sentirse un poco más fuerte–. La última vez que hablamos...

–Por favor, al menos escucha lo que tengo que decirte –aunque no veía razón para que lo hiciera después del daño que le había causado. Se dio cuenta de que iba a estar mejor sentado–. Escucha, hay algo que deberías saber. Goodman. Yo lo hice. Lo llamé. Me enteré de que había hecho planes para verte y me cercioré de que esos planes no se llevaran a cabo –apoyó los codos en las rodillas.

–¿Hiciste *qué*?

–¡Estaba celoso! –la miró con ojos centelleantes, indicándole que no habría podido hacer otra cosa dadas las circunstancias, pero no sirvió para nada.

–¿No satisfecho con arruinarme la vida, decidiste que ibas a eliminar al primer hombre que pudiera mostrar interés por mí?

–De acuerdo, tal vez estuvo fuera de lugar.

–¿*Tal vez*?

–Es que nunca he sido un hombre celoso, jamás tuve causa alguna para serlo.

Cristina sabía por qué estaba celoso. Ella había sido *su* posesión, la *elegida*, y su ego no había podido soportar la indignidad de que le estropeara los planes tan cuidadosamente trazados y, lo que era peor, que posiblemente hubiera provocado una relación con uno de sus amigos.

–Todo tiene que ver contigo, ¿verdad, Rafael? ¡*Tú* decides que ya es hora de encontrar una esposa apropiada, *tú* eliges a la persona y estableces las reglas, *tú* reaccionas como un niño que no ha recibido su regalo de Navidad cuando tus arreglos no salen según lo planeado!

–Sí.

Cristina parpadeó. ¿Acababa de darle la razón o se lo había imaginado?

–¿Qué has dicho?

–Tienes razón. Todo fue por mí –la miró mientras con cautela Cristina se sentaba frente a él, preguntándose si sería una buena señal antes de decidir que no podía ir por ese camino. Ya había cometido suficientes errores y sido demasiado arrogante, pagando el precio por ello–. No pensaba en ti cuando tracé mis planes, no pensaba en lo que a ti podría o no gustarte. Di por sentado que te sumarías a la cola del matrimonio porque tenía sentido sobre el papel.

–¿Y de pronto has abierto los ojos? –rió sin humor–. ¿De verdad esperas que crea que de la noche a la mañana has cambiado milagrosamente de forma de ser?

–Yo... No... No espero nada.

Cristina quedó desconcertada por su humildad. ¿Era real? ¿Era tan buen actor? De pronto se sintió sacudida por una esperanza terrible, y tuvo que apretar los dientes porque tal como había descubierto, la esperanza era enemiga mortal de la realidad.

–Yo... nunca pensé que pudiera volver a sentir la urgencia y la pasión, eso que en una ocasión llamé amor. Lo había tenido con mi ex esposa y había experimentado de primera mano la facilidad con la que puede disolverse. Había pasado años bastante feliz yendo de una relación a otra. Pero la cuestión es que... lo que sentí por Helen nunca fue amor. Y para responder a tu pregunta, no, no he abierto de pronto los ojos. Simplemente, comprendí que lo que sentía por ti había ido creciendo sin que yo me diera cuenta y sin siquiera saber que sin ti ya no podría sobrevivir. Supuse que se trataba de una feliz coincidencia que congeniáramos, que fuéramos compatibles, que era pura suerte que aparte de nuestro entorno similar resultara tan fácil estar a tu lado...

Se pasó los dedos por el pelo y, para su asombro, Cristina vio que le temblaba la mano. La hizo reflexionar que le estuviera costando tanto manifestarlo.

–No comprendí lo que significabas para mí hasta que te fuiste, e incluso entonces no pude admitir que me había enamorado de ti. Pensaba... Pensaba que estaba bien si querías irte porque yo era inmune al dolor. Lo decía mi cabeza. No quiero casarme contigo porque encajes en el plan, Cristina. Quiero hacerlo porque sin ti no puedo vivir. Los celos me carcomen cuando te veo hablar con otro hombre. Verte en mi fiesta coquetear con Goodman... fue una tortura. Podría haberle dado un puñetazo.

Cristina sintió el dolor de una repentina ternura. Había visto muchos lados de Rafael, pero ese lado, el del hombre vulnerable que trata de abrirse paso entre la maraña de sus sentimientos, ofreciéndole una ventana a su temor e incertidumbre, era la indicación más poderosa de su sinceridad.

–¿Te casarás conmigo, Cristina? –la miró, pensando que había mucho más que decir, sabiendo que con el tiempo, si lo aceptaba, le contaría cómo se sentía y jamás dejaría de hacerlo. En ese momento sólo había abarcado la punta del iceberg–. No puedo vivir sin tu risa. Pones perspectiva en mi vida, y si no puedes darme una respuesta ahora, entonces esperaré, aunque ello represente esperar el resto de mi vida.

–No tienes que esperar, Rafael. Puedo ofrecerte mi respuesta ahora mismo...

Epílogo

UN AÑO después y en esa ocasión la reunión en la casa de su madre era por un motivo diferente. Las dos familias se habían reunido para la boda en Italia, una ceremonia sencilla y pequeña, según los deseos de Cristina. En ese momento estaban reunidos para el bautizo de la primera nieta Rocchi, un primor concebido poco después de la gloriosa luna de miel en las Seychelles, en su nueva casa antigua, situada lo bastante lejos de Londres como para dar una sensación rural, pero no tanto como para no poder llegar enseguida a la ciudad si lo necesitaba.

Tenía todo lo que Cristina había anhelado en un hogar. Rosas trepadoras, vallas blancas, el jardín en la parte de atrás. Había chimeneas, vigas vistas y una cocina que podía convertir en chef a cualquiera, porque Rafael se había encargado de que estuviera equipada con la última tecnología en electrodomésticos.

Y el comodín era el pueblo pintoresco con su campo verde de críquet y el pub en una esquina. Allí Cristina había abierto una floristería que también ofrecía servicios de paisajismo, y Anthea se había mostrado encantada de trasladarse a la zona y ser socia del negocio.

La vida nunca había sido mejor.

Rafael contempló a su amada esposa con su bebé en brazos, mientras los amigos y los familiares exclamaban encantados y él se acercaba para darle un beso en la cabeza.

–Es preciosa, ¿verdad? –se dirigió a los cinco allí reunidos con una sonrisa satisfecha y el brazo alrededor de los hombros de su esposa–. Todo el mundo dice –continuó con solemnidad– que es la viva imagen de su padre... –oyó reír a su mujer y le sonrió–. Razón por la que quiere al menos cuatro más... para equilibrar la balanza, por decirlo de alguna manera... –él era quien quería cuatro como mínimo; ella había reído y le había informado de que su opinión sería distinta si hubiera pasado por el embarazo y el parto, pero sabía que a Cristina le había encantado cada minuto del embarazo y que la idea de una casa llena con niños le resultaba igual de atractiva que a él.

Cristina se apoyó en su brazo. Nunca había dejado de decirle lo mucho que la amaba e Isabella María había demostrado que no sólo podía ser un magnífico marido, sino también un padre asombroso y cariñoso.

–Y... –se inclinó para poder susurrárselo al oído–... cariño, estoy impaciente porque todos se marchen para empezar a intentarlo...

Bianca™

De inocente virgen… ¡a esposa de un príncipe!

Como heredero al trono, el príncipe Tair al Sharif se ve empujado por el deber hacia su país. Las mujeres para él son sólo amantes de un día.

Siempre discretamente vestida, la modosa Molly James no se parece nada a las mujeres con las que suele acostarse. Pero Tair se enfurece al saber que es en realidad una seductora disfrazada. Alguien a quien hay que detener como sea. Sin embargo, cuando la lleva cautiva al desierto, descubre que es inocente… en todos los sentidos.

Y ahora Tair la quiere… como esposa.

Una noche en el desierto

Kim Lawrence

Un vaquero rebelde

Patricia Thayer

Pensaba que ninguna mujer podría domarlo. ¡Pero estaba equivocado!

Brady Randell siempre había sido un rebelde. Incluso estando de baja de las Fuerzas Aéreas tras un accidente de avión, su presencia en el rancho Randell no dejaba de ser problemática. Pero nada más llegar la encantadora Lindsey Stafford apareció un destello de interés en los ojos del testarudo piloto.

La llegada al rancho de la inocente Lindsey iba a conmocionar la vida de la familia Randell, porque ella conocía secretos que podrían destruirlos.

Brady se dio cuenta de que debía luchar. Pero esa vez no sería por su país, sino por la mujer que le había robado el corazón.

Deseo™

Camino al corazón

Maxine Sullivan

¿Qué podía llevar al playboy millonario Nick Valente a casarse con una mujer a la que no veía hacía años? El chantaje, por supuesto. Para conservar su hogar familiar, Nick debía casarse con la mujer elegida por su padre: Sasha Blake, uno de sus caprichos de juventud. En Sasha, a punto de terminar la adolescencia, no había habido ni rastro de inmadurez, ni tampoco había sido inmaduro su deseo por ella. Por fin sería su esposa y Nick podría hacerle el amor como y cuando quisiera.

Sólo una pregunta rondaba su mente: conocía sus propias razones para aceptar ese matrimonio, pero ¿cuáles eran las de ella?

Esposa por chantaje